N° 20 (Biblive. 35)

LE BRUTUS

DE MONSIEUR

DE VOLTAIRE,

AVEC

UN DISCOURS

SUR LA TRAGEDIE.

Seconde Edition revuë & corrigée par l'Auteur.

A AMSTERDAM,

Chez E. J. LEDET & COMPAGNIE,

ET

JAQUES DESBORDES.

M. DCC. XXXI.

DISCOURS

SUR LA

TRAGEDIE.

A MYLORD

BOLINGBROOKE.

SI je dédie à un Anglois un Ouvrage repréfenté à Paris, ce n'eft pas, MYLORD, qu'il n'y ait auffi dans ma Patrie des Juges très-éclairez, & d'excellens Efprits auxquels j'euffe pû rendre cet hommage. Mais vous favez que la Tragédie de Brutus eft née en Angleterre : Vous vous fouvenez que lorfque j'étois retiré à Wandsworth, chez mon ami M. Faukener, ce digne & vertueux Citoyen, je m'occupai

chez

chez lui à écrire en Prose Angloise le premier Acte de cette Pièce, à peu près tel qu'il est aujourd'hui en Vers François. Je vous en parlois quelquefois, & nous nous étonnions qu'aucun Anglois n'eût traité ce sujet, qui de tous est peut-être le plus convenable a votre Théatre. Vous m'encouragiez à continuer un Ouvrage susceptible de si grands sentimens.

Souffrez donc que je vous présente B R U T U S, quoiqu'écrit dans une autre Langue, *docte ser-mones utriusque linguæ*, à vous qui me donne-riez des leçons de François aussi-bien que d'Anglois, à vous qui m'apprendriez du moins à rendre à ma Langue cette force & cette éner-gie qu'inspire la noble liberté de penser ; car les sentimens vigoureux de l'ame passent tou-jours dans le langage, & qui pense fortement, parle de même.

Je vous avoue, MYLORD, qu'à mon retour d'Angleterre où j'avois passé deux années dans une étude continuelle de votre Langue, je me trouvai embarassé lorsque je voulus com-poser une Tragédie Françoise. Je m'étois presque accoutumé à penser en Anglois, je sentois que les termes de ma Langue ne ve-noient plus se présenter à mon imagination avec la même abondance qu'auparavant ; c'étoit comme un ruisseau dont la source avoit été dé-tournée ; il me fallut du tems & de la peine pour le faire couler dans son premier lit. Je compris bien alors que pour réüssir dans un Art, il le faut cultiver toute sa vie.

Ce

Ce qui m'effraya le plus en rentrant dans cette carriere, ce fut la févérité de notre Poëfie, & l'efclavage de la rime. Je regrettois cette heureufe liberté que vous avez d'écrire vos Tragédies en vers non rimez, d'allonger, & furtout d'accourcir presque tous vos mots, de faire enjamber les vers les uns fur les autres, & de créer dans le befoin des termes nouveaux, qui font toujours adoptez chez vous, lorfqu'ils font fonores, intelligibles & néceffaires. Un Poëte Anglois, difois-je, eft un homme libre qui affervit fa Langue à fon genie; le François eft un efclave de la rime, obligé de faire quelquefois quatre vers, pour exprimer une penfée qu'un Anglois peut rendre en une feule ligne. L'Anglois dit tout ce qu'il veut, le François ne dit que ce qu'il peut. L'un court dans une carriere vafte, & l'autre marche avec des entraves dans un chemin gliffant & étroit.

Malgré toutes ces réflexions & toutes ces plaintes, nous ne pourrons jamais fecouër le joug de la rime, elle eft effentielle à la Poëfie Françoife. Notre Langue ne comporte point d'inverfions, nos Vers ne fouffrent point d'enjambement: Nos fyllabes ne peuvent produire une harmonie fenfible par leurs mefures longues ou bréves: Nos céfures & un certain nombre de pieds ne fuffiroient pas pour diftinguer la Profe d'avec la Verfification; la rime eft donc néceffaire aux Vers François.

De plus, tant de Grands Maîtres qui ont fait des vers rimez, tels que les Corneilles, les Racines,

les

De la rime & de la difficulté de la Verfification Françoife.

les Defpreaux, ont tellement accoutumé nos oreil-
les à cette harmonie, que nous n'en pourrions
pas fupporter d'autre; & je le répète encore,
quiconque voudroit fe délivrer d'un fardeau
qu'a porté le Grand Corneille, feroit regardé
avec raifon, non pas comme un génie hardi qui
s'ouvre une route nouvelle, mais comme un
homme très-foible qui ne peut pas fe foutenir
dans l'ancienne carriere.

Trage-dies en Profe. On a tenté de nous donner des Tragédies en
Profe ; mais je ne crois pas que cette entreprife
puiffe déformais réüffir ; qui a le plus ne fauroit fe contenter du moins. On fera toujours
mal venu à dire au Public, je viens diminuer
votre plaifir. Si au milieu des Tableaux de
Rubens ou de Paul Veronefe, quelqu'un ve-
noit placer fes deffeins au crayon, n'auroit-il
pas tort de s'égaler à ces Peintres ? On eft accoutumé dans les Fêtes, à des Danfes & à des
Chants. Seroit-ce affez de marcher & de parler, fous prétexte qu'on marcheroit & qu'on
parleroit bien, & que cela feroit plus aifé &
plus naturel ?

Il y a grande apparence qu'il faudra toujours
des vers fur tous les Théatres Tragiques, & de
plus toujours des rimes fur le nôtre. C'eft même à cette contrainte de la rime, & à cette févérité extrême de notre verfification que nous
devons ces excellens ouvrages que nous avons
dans notre Langue.

Nous voulons que la rime ne coute jamais
rien aux penfées, qu'elle ne foit ni triviale ni
trop

trop recherchée ; nous exigeons rigoureusement dans un vers la même pureté, la même exactitude que dans la Profe. Nous ne permettons pas la moindre licence ; nous demandons qu'un Auteur porte fans difcontinuer toutes ces chaînes, & cependant qu'il paroiffe toujours libre, & nous ne reconnoiffons pour Poëtes que ceux qui ont rempli toutes ces conditions.

Voilà pourquoi il eft plus aifé de faire cent vers en toute autre Langue, que quatre vers en François. L'exemple de notre Abbé Regnier Defmarais de l'Académie Françoife & de celle *de la Crufca*, en eft une preuve bien évidente. Il traduifit Anacréon en Italien avec fuccès, & fes vers François font, à l'exception de deux ou trois Quatrains, au rang des plus médiocres. Notre *Ménage* étoit dans le même cas, & combien de nos beaux Efprits ont fait de très-beaux vers Latins, & n'ont pû être fupportables en leur Langue ?

Je fai combien de difputes j'ai effuyées fur notre verfification en Angleterre, & quels reproches me fait fouvent le favant Evêque de Rochefter fur cette contrainte puérile qu'il prétend que nous nous impofons de gayeté de cœur. Mais foyez perfuadé, MYLORD, que plus un Etranger connoîtra notre Langue, & plus il fe réconciliera avec cette rime qui l'effraye d'abord. Non feulement elle eft néceffaire à notre Tragédie, mais elle embellit nos Comédies même. Un bon mot en vers en eft retenu plus aifément ; les portraits de la vie humaine feront

A 4

tou-

toujours plus frappans en vers qu'en profe , &
qui dit *Vers* en François, dit néceffairement
des vers rimez : en un mot, nous avons des
Comédies en Profe du célèbre Moliere, que
l'on a été obligé de mettre en vers après fa
mort, & qui ne font plus jouées que de cette
maniere nouvelle.

Caracte-
re du
Theatre
Anglois. Ne pouvant, MYLORD, hazarder fur
le Théatre François des vers non rimez, tels
qu'ils font en ufage en Italie & en Angleterre,
j'aurois du moins voulu transporter fur notre
Scène certaines beautez de la vôtre. Il eft vrai,
& je l'avoue, que le Théatre Anglois eft bien
défectueux : J'ai entendu de votre bouche, que
vous n'aviez pas une bonne Tragédie ; mais en
récompenfe dans ces Pièces fi monftrueufes,
vous avez des Scènes admirables. Il a manqué
jufqu'à préfent à prefque tous les Auteurs Tragiques de votre Nation, cette pureté, cette
conduite réguliere, ces bienféances de l'action
& du ftile, cette élégance, & toutes ces finef-
fes de l'Art, qui ont établi la réputation du
Théatre François depuis le Grand Corneille. Mais vos Pièces les plus irrégulieres ont un
grand mérite, c'eft celui de l'action.

Nous avons en France des Tragédies efti-
mées, qui font plutôt des converfations qu'elles ne font la repréfentation d'un événement.
Un Auteur Italien m'écrivoit dans une Lettre
fur les Théatres „ Un Critico del noftro Paf-
„ tor fido diffe che quel componimento era un
„ riaffunto di belliffimi Madrigali , credo, fe
„ Vi-

„ viveſſe, che direbbe delle Tragedie Franceſi,
„ che ſono un riaſſunto di belle Elegie & ſon-
„ tuoſi Epitalami.

J'ai bien peur que cet Italien n'ait trop raiſon. Notre délicateſſe exceſſive nous force
quelquefois à mettre en récit ce que nous
voudrions expoſer aux yeux. Nous craignons
de hazarder ſur la Scène des Spectacles nouveaux devant une Nation accoutumée à tourner
en ridicule tout ce qui n'eſt pas d'*uſage*.

L'endroit où l'on joue la Comédie, & les a-
bus qui s'y ſont gliſſez, ſont encore une cauſe
de cette ſechereſſe qu'on peut reprocher à
quelques-unes de nos Pièces. Les bancs qui
ſont ſur le Théatre deſtinez aux Spectateurs,
rétréciſſent la Scène, & rendent toute action
preſque impraticable. Ce défaut eſt cauſe que
les Décorations tant recommandées par les An-
ciens, ſont rarement convenables à la Pièce.
Il empêche ſur tout que les Acteurs ne paſſent
d'un appartement dans un autre aux yeux des
Spectateurs, comme les Grecs & les Romains
le pratiquoient ſagement pour conſerver à la
fois l'unité de lieu & la vraiſemblance.

Comment oſerions-nous ſur nos Théatres
faire paroître, par exemple, l'ombre de Pom-
pée, ou le génie de Brutus, au milieu de tant
de jeunes gens qui ne regardent jamais les choſes les plus ſérieuſes que comme l'occaſion de
dire un bon mot? Comment apporter au milieu d'eux ſur la Scène, le corps de Mar-
çus, devant Caton ſon pere, qui s'écrie:

A 5   „ Heu-

Défauts
du Théa-
tre Fran-
çois.

Exem-
ple du
Caton
Anglois.

„ Heureux jeune homme, tu ès mort pour
„ ton pays ! O mes amis, laiffez-moi compter
„ fes glorieufes bleffures ! Qui ne voudroit
„ mourir ainfi pour la patrie ? Pourquoi n'at-
„ t-on qu'une vie à lui facrifier ! . . . . Mes
„ amis ne pleurez point ma perte, ne regret-
„ tez point mon fils, pleurez Rome, la mai-
„ treffe du monde n'eft plus, ô liberté ! ô ma
„ patrie ! . . ô vertu ! &c.

Voilà ce que feu M. Addiffon ne craignit
point de faire reprefenter à Londres, voilà ce
qui fut joué, traduit en Italien, dans plus d'u-
ne Ville d'Italie. Mais fi nous hazardions à
Paris un tel fpectacle, n'entendez-vous pas déja
le Parterre qui fe récrie ? & ne voyez-vous pas
nos femmes qui détournent la tête ?

Vous n'imagineriez pas à quel point va cette délicateffe. L'Auteur de notre Tragédie de
Manlius prit fon fujet de la Pièce Angloife de
M. Otway, intitulée, *Venife fauvée*. Le fujet
eft tiré de l'Hiftoire de la conjuration du Mar-
quis de Bedemar, écrite par l'Abbé de S. Réal;
& permettez-moi de dire en paffant que ce
morceau d'Hiftoire, égal peut-être à Salufte,
eft fort au deffus & de la Pièce d'Otway & de
notre Manlius.

Prémierement, vous remarquez le préjugé
qui a forcé l'Auteur François à déguifer fous
des noms Romains une avanture connuë, que
l'Anglois a traitée naturellement fous les noms
véritables. On n'a point trouvé ridicule au
Théatre de Londres, qu'un Ambaffadeur Ef-

Compa-
raifon du
Manlius
de M. de
la Foffe,
avec la
Venife
de M.
Otway.

pagnol

pagnol s'appellât Bedemar ; & que des conjurez euffent le nom de Jaffier, de Jacques-Pier-
re, d'Eliot ; cela feul en France eût pû faire
tomber la Pièce.

Mais voyez qu'Otway ne craint point d'af-
fembler tous les Conjurez. Renaud prend
leurs fermens, affigne à chacun fon pofte, pref-
crit l'heure du carnage , & jette de tems en
tems des regards inquiets & foupçonneux fur
Jaffier dont il fe défie. Il leur fait à tous ce
difcours pathétique, traduit mot pour mot de
l'Abbé de S. Réal.

Jamais repos fi profond ne précéda un trouble fi
grand. Notre bonne deftinée a aveuglé les plus
clairvoyans de tous les hommes , raffuré les plus ti-
mides, endormi les plus foupçonneux , confondu les
plus fubtils : nous vivons encore, mes chers amis ..
nous vivons, & notre vie fera bientôt funefte aux
tyrans de ces lieux, &c.

Qu'a fait l'Auteur François? Il a craint de
hazarder tant de perfonnages fur la Scène ; il fe
contente de faire réciter par *Renaud* fous le nom
de *Rutile,* une foible partie de ce même difcours qu'il vient, dit-il, de tenir aux Conjurez Ne fentez-vous pas par ce feul expofé
combien cette Scène Angloife eft au-deffus de
la Françoife, la Pièce d'Otway fut-elle d'ailleurs monftrueufe.

Avec quel plaifir n'ai je point vû à Londres
votre Tragédie de Jules Cefar, qui depuis cent
cinquante années fait les délices de votre Nation? Je ne prétens pas affurément approuver

les

les irrégularitez barbares dont elle eſt remplie.
Il eſt ſeulement étonnant qu'il ne s'en trouve
pas davantage dans un ouvrage compoſé dans
un ſiécle d'ignorance, par un homme qui même ne ſavoit pas le Latin, & qui n'eut de
Maître que ſon génie; mais au milieu de tant
de fautes groſſieres, avec quel raviſſement je
voyois Brutus tenant encore un poignard teint
du ſang de Céſar, aſſembler le Peuple Romain,
& lui parler ainſi du haut de la Tribune aux
Harangues.

Romains, compatriotes, amis, s'il eſt quelqu'un
de vous qui ait été attaché à Céſar, qu'il ſache que
Brutus ne l'étoit pas moins : Oui, je l'aimois,
Romains, & ſi vous me demandez pourquoi j'ai
verſé ſon ſang, c'eſt que j'aimois Rome davantage.
Voudriez-vous voir Céſar vivant, & mourir ſes
eſclaves, plutôt que d'acheter votre liberté par ſa
mort? Céſar étoit mon ami, je le pleure ; il étoit
heureux, j'applaudis à ſes triomphes ; il étoit
vaillant, je l'honore ; mais il étoit ambitieux, je
l'ai tué.

Y a-t-il quelqu'un parmi vous aſſez lâche pour
regretter la ſervitude? S'il en eſt un ſeul, qu'il
parle, qu'il ſe montre ; c'eſt lui que j'ai offenſé :
Y a-t-il quelqu'un aſſez infâme pour oublier qu'il eſt
Romain? Qu'il parle, c'eſt lui ſeul qui eſt mon
ennemi.

CHOEUR DES ROMAINS.

Perſonne, Non, Brutus, perſonne.

BRU-

BRUTUS.

Ainsi donc je n'ai offensé personne. Voici le corps du Dictateur qu'on vous apporte; les derniers devoirs lui feront rendus par Antoine, par cet Antoine, qui n'ayant point eu de part au châtiment de Céfar, en retirera le même avantage que moi & que chacun de vous, le bonheur ineftimable d'être libre. Je n'ai plus qu'un mot à vous dire: J'ai tué de cette main mon meilleur ami pour le falut de Rome; je garde ce même poignard pour moi, quand Rome demandera ma vie.

LE CHOEUR.

Vivez, Brutus, vivez à jamais.

Après cette Scène, Antoine vient émouvoir de pitié ces mêmes Romains, à qui Brutus avoit infpiré fa rigueur & fa barbarie. Antoine par un difcours artificieux ramene infenfiblement ces efprits fuperbes, & quand il les voit radoucis, alors il leur montre le corps de Céfar, & fe fervant des figures les plus pathétiques, il les excite au tumulte & à la vangeance.

Peut-être les François ne fouffriroient pas que l'on fît paroître fur leur Theâtre un Chœur compofé d'Artifans & de Plebeïens Romains; que le corps fanglant de Céfar y fût expofé aux yeux du peuple, & qu'on excitât ce peuple à la vangeance du haut de la Tribune aux Harangues;

gues; c'eſt à la Coutume qui eſt la Reine de ce monde, à changer le goût des Nations, & à tourner en plaiſir les objets de notre averſion.

Spectacles horribles chez les Grecs.

Les Grecs ont hazardé des Spectacles non moins revoltans pour nous. Hippolite briſé par ſa chûte, vient compter ſes bleſſures & pouſſer des cris douloureux. Philoctete tombe dans ſes accès de ſouffrance, un ſang noir coule de ſa playe. OEdipe couvert du ſang qui dégoute encore des reſtes de ſes yeux qu'il vient d'arracher, ſe plaint des Dieux & des hommes. On entend les cris de Clitemneſtre que ſon propre fils égorge; & Electre crie ſur le Theâtre: *Frappez, ne l'épargnez pas, elle n'a pas épargné notre pere.* Promethée eſt attaché ſur un Rocher avec des cloux qu'on lui enfonce dans l'eſtomac & dans les bras. Les furies répondent à l'ombre ſanglante de Clitemneſtre par des hurlemens ſans aucune articulation. Beaucoup de Tragédies Grecques, en un mot, ſont remplies de cette terreur portée à l'excès.

Je ſai bien que les Tragiques Grecs, d'ailleurs ſuperieurs aux Anglois, ont erré en prenant ſouvent l'horreur pour la terreur, & le dégoûtant & l'incroyable pour le tragique & le merveilleux. L'Art étoit dans ſon enfance à Athènes du tems d'Æſchyle, comme à Londres du temps de Shakeſpear; mais parmi les grandes fautes des Poëtes Grecs, & même des vôtres, on trouve un vrai pathétique & de ſinguliéres beautez; & ſi quelques François qui ne connoiſſent les Tragédies & les mœurs étrangeres que par des traductions & ſur des ouï dire,

dire, les condamnent sans aucune reſtriction, ils font, ce me ſemble, comme des aveugles, qui aſſureroient qu'une roſe ne peut avoir de couleurs vives, parce qu'ils en compteroient les épines à tâtons.

Mais ſi les Grecs & vous, vous paſſez les bornes de la bienſéance. & ſi ſurtout les Anglois ont donné des ſpectacles effroyables, voulant en donner de terribles; nous autres François auſſi ſcrupuleux que vous avez été téméraires, nous nous arrêtons trop de peur de nous emporter, & quelquefois nous n'arrivons pas au tragique, dans la crainte d'en paſſer les bornes.

Je ſuis bien loin de propoſer que la Scène devienne un lieu de carnage, comme elle l'eſt dans Shakeſpear, & dans ſes ſucceſſeurs, qui n'ayant pas ſon génie, n'ont imité que ſes défauts; mais j'oſe croire qu'il y a des ſituations qui ne paroiſſent encore que dégoûtantes & horribles aux François, & qui bien ménagées, repréſentées avec art, & ſurtout adoucies par le charme des beaux vers, pourroient nous faire une ſorte de plaiſir; dont nous ne nous doutons pas.

Il n'eſt point de ſerpent ni de monſtre odieux,

Qui par l'Art imité ne puiſſe plaire aux yeux.

Du moins que l'on me diſe pourquoi il eſt permis à nos Héros & à nos Héroïnes de Theatre de ſe tuer, & qu'il leur eſt défendu de tuer

per-

perſonne ? La Scène eſt-elle moins enſanglan-
tée par la mort d'Atalide qui ſe poignarde pour
ſon Amant, qu'elle ne le ſeroit par le meurtre
de Céſar ? Et ſi le ſpectacle du fils de Caton
qui paroît mort aux yeux de ſon pere, eſt l'occaſion d'un diſcours admirable de ce vieux Rô-
main, ſi ce morceau a été applaudi en Angleterre & en Italie par ceux qui ſont les plus
grands partiſans de la bienſéance Françoiſe, ſi
les femmes les plus délicates n'en ont point été
choquées, pourquoi les François ne s'y accou-
tumeroient-ils pas? La nature n'eſt-elle pas la
même dans tous les hommes?

Bien-
ſéances
& unitez.

Toutes ces loix de ne point enſanglanter la
Scène, de ne point faire parler plus de trois In-
terlocuteurs, &c. ſont des loix qui, ce me ſemble, pourroient avoir quelques exceptions parmi nous, comme elles en ont eu chez les
Grecs ; il n'en eſt pas des règles de la bienſéance toujours un peu arbitraire, comme des
règles fondamentales du Théatre qui ſont les
trois unitez. Il y auroit de la foibleſſe & de la
ſtérilité à étendre une action au-delà de l'eſpace
du tems & du lieu convenables. Demandez à
quiconque aura inſéré dans une Pièce trop d'é-
vénemens, la raiſon de cette faute : s'il eſt de
bonne foi, il vous dira qu'il n'a pas eu aſſez
de génie pour remplir ſa Pièce d'un ſeul fait,
& s'il prend deux jours & deux villes pour ſon
action, croyez que c'eſt parce qu'il n'auroit pas
eu l'adreſſe de la reſſerrer dans l'eſpace de trois
heures, & dans l'enceinte d'un Palais, comme
l'éxige la vraiſemblance.　 Il

Il en est tout autrement de celui qui hazarderoit un spectacle horrible sur le Theatre, il ne choqueroit point la vraisemblance, & cette hardiesse loin de supposer de la foiblesse dans l'Auteur, demanderoit au contraire un grand génie, pour mettre par ses vers de la véritable grandeur dans une action qui sans un stile sublime, ne seroit qu'atroce & dégoûtante.

Voilà ce qu'a osé tenter une fois notre Grand Corneille dans sa Rodogune. Il fait paroître une mere qui en présence de sa Cour & d'un Ambassadeur, veut empoisonner son fils & sa belle-fille après avoir tué son autre fils de sa propre main; elle leur présente la coupe empoisonnée, & sur leur refus & leurs soupçons, elle la boit elle-même, & meurt du poison qu'elle leur destinoit.

Des coups aussi terribles ne doivent pas être prodiguez, & il n'appartient pas à tout le monde d'oser les frapper. Ces nouveautez demandent une grande circonspection, & une exécution de Maître. Les Anglois eux-mêmes avouent que Shakespear, par exemple, a été le seul parmi eux qui ait pû faire évoquer & parler des ombres avec succès.

Within that circle none durst move but he.

Plus une action théatrale est majestueuse ou effrayante, plus elle deviendroit insipide, si elle étoit souvent répétée; à peu près comme les détails de batailles, qui étant par eux-mêmes ce

B   qu'il

qu'il y a de plus terrible, deviennent froids &
ennuyeux, à force de reparoître souvent dans
les Histoires.

La seule Pièce où M. Racine ait mis du
spectacle, c'est son chef-d'œuvre d'Athalie.
On y voit un enfant sur un Trône, sa nourrice
& des Prêtres qui l'environnent; une Reine qui
commande à ses Soldats de le massacrer, des
Levites armez qui accourent pour le défendre.
Toute cette action est pathétique; mais si le
stile ne l'étoit pas aussi, elle n'étoit que puérile.

Plus on veut frapper les yeux par un appareil éclatant, plus on s'impose la nécessité de
dire de grandes choses; autrement on ne seroit
qu'un décorateur, & non un Poëte Tragique.
Il y a près de trente années qu'on répréfenta la
Tragédie de Montesume à Paris, la Scène ou-
vroit par un spectacle nouveau; c'étoit un Palais d'un goût magnifique & barbare; Montesume paroissoit avec un habit singulier; des Es-
claves armez de fléches étoient dans le fond;
autour de lui étoient huit Grands de sa Cour,
prosternez le visage contre terre : Montesume
commençoit la Pièce en leur disant,

Levez-vous, votre Roi vous permet aujourd'hui
Et de l'envisager, & de parler à lui.

Ce spectacle charma, mais voilà tout ce qu'il
y eut de beau dans cette Tragédie.
Pour moi j'avouë que ce n'a pas été sans
quelque

quelque crainte que j'ai introduit fur la Scène
Françoife le Sénat de Rome en robbes rouges,
allant aux Opinions. Je me fouvenois que lorsque j'introduifis autrefois dans OEdipe un
Chœur de Thébains qui difoit,

O Mort, nous implorons ton funefte fecours.

O Mort, viens nous fauver, viens terminer nos jours.

Le Parterre au lieu d'être frappé du 'pathétique qui pouvoit être en cet endroit, ne fentit
d'abord que le prétendu ridicule d'avoir mis
ces vers dans la bouche d'Acteurs peu accoutu-
mez, & il fit un éclat de rire. C'eft ce qui m'a
empêché dans Brutus de faire parler les Sénateurs, quand Titus eft accufé devant eux, &
d'augmenter la terreur de la fituation, en expri-
mant l'étonnement & la douleur de ces Péres
de Rome, qui fans doute devroient marquer
leur furprife autrement que par un jeu muet
qui même n'a pas été exécuté,
Au refte, MYLORD, s'il y a quelques
endroits paffables dans cet Ouvrage, il faut que
j'avouë que j'en ai l'obligation à des Amis qui
penfent comme vous. Ils m'encourageoient à
temperer l'auftérité de Brutus par l'amour pa-
ternel, afin qu'on admirât & qu'on plaignît
l'effort qu'il fe fait en condamnant fon fils. Ils
m'exhortoient à donner à la jeune Tullie un
caractere de tendreffe & d'innocence, parce que
fi j'en avois fait une Héroïne altiere, qui n'eût
parlé à Titus que comme à un Sujet qui devoit

                    fervir

servir son Prince ; alors Titus auroit été avili ,
& l'Ambassadeur eût été inutile. Ils vouloient
que Titus fût un jeune homme furieux dans ses
passions, aimant Rome & son Pere, adorant
Tullie, se faisant un devoir d'être fidèle au Sénat même dont il se plaignoit , & emporté loin
de son devoir par une passion dont il avoit cru
être le maître.

En effet , si Titus avoit été de l'avis de sa
Maîtresse, & s'étoit dit à lui - même de bonnes
raisons en faveur des Rois, Brutus alors n'eût
été regardé que comme un Chef de Rebelles,
Titus n'auroit plus eû de remords , son Pere
n'eût plus excité la pitié.

Gardez, me disoient-ils, que les deux enfans
de Brutus paroissent sur la Scène ; vous savez
que l'intérêt est perdu quand il se partage ; mais
surtout que vôtre Pièce soit simple ; imitez cette
beauté des Grecs, croyez que la multiplicité des
événemens & des intérêts compliquez , n'est
que la ressource des génies stériles , qui ne sa-
vent pas tirer d'une seule passion de quoi faire
cinq Actes. Tâchez de travailler chaque Scène comme si c'étoit la seule que vous eussiez à
écrire. Ce sont les beautez de détail qui sou-
tiennent les Ouvrages en vers , & qui les font
passer à la postérité. C'est souvent la maniere
singuliere de dire des choses communes, c'est
cet Art d'embellir par la diction ce que pen-
sent, & ce que sentent tous les hommes, qui
fait les Grands Poëtes. Il n'y a ni sentimens recherchez , ni avanture Romanesque dans le

qua-

quatriéme Livre de Virgile ; il eſt tout naturel,
& c'eſt l'effort de l'eſprit humain. M. Racine
n'eſt ſi au-deſſus des autres qui ont tous dit les
mêmes choſes que lui, que parce qu'il les a
mieux dites. Corneille n'eſt véritablement
Grand, que quand il s'exprime auſſi-bien qu'il
penſe. Souvenez-vous de ce précepte de M.
Deſpreaux,

Et que tout ce qu'il dit facile à retenir,

De ſon Ouvrage en vous laiſſe un long ſouvenir.

Voilà ce que n'ont point tant d'Ouvrages
Dramatiques, que l'Art d'un Acteur, & la fi-
gure & la voix d'une Actrice ont fait valoir ſur
nos Théatres. Combien de Pièces mal écrites
ont eû plus de repréſentations que Cinna & Bri-
tannicus ; mais on n'a jamais retenu deux vers
de ces foibles Poëmes, au lieu qu'on ſait Bri-
tannicus & Cinna par cœur. En vain le Re-
gulus de Pradon a fait verſer des larmes par
quelques ſituations touchantes, l'Ouvrage &
tous ceux qui lui reſſemblent ſont mépriſez, tandis que leurs Auteurs s'applaudiſſent dans leurs
Préfaces.

Il me ſemble, MY LORD, que vous m'al- ^{De l'a-}
lez demander comment des Critiques ſi judi- ^{mour.}
cieux ont pû me permettre de parler d'amour
dans une Tragédie dont le titre eſt JUNIUS
BRUTUS, & de mêler cette paſſion avec l'auſ-
tère vertu du Sénat Romain, & la politique
d'un Ambaſſadeur ?

B 3

On

On reproche à notre Nation d'avoir amolli le Théatre par trop de tendreſſe, & les Anglois méritent bien le même reproche depuis près d'un ſiécle; car vous avez toujours un peu pris nos modes & nos vices. Mais me permettrez-vous de vous dire mon ſentiment ſur cette matiere?

Vouloir de l'amour dans toutes les Tragédies me paroît un goût efféminé ; l'en proſcrire toujours eſt une mauvaiſe humeur bien déraiſonnable.

Le Théatre ſoit Tragique, ſoit Comique, eſt la peinture vivante des paſſions humaines; l'ambition d'un Prince eſt repréſentée dans la Tragédie ; la Comédie tourne en ridicule la vanité d'un Bourgeois. Ici vous riez de la coquetterie & des intrigues d'une Citoyenne; là vous pleurez la malheureuſe paſſion de Phédre; de même l'amour vous amuſe dans un Roman, & il vous tranſporte dans la Didon de Virgile.

L'amour dans une Tragédie n'eſt pas plus un défaut eſſentiel, que dans l'Enéide; il n'eſt à reprendre que quand il eſt amené mal à propos, ou traité ſans art.

Les Grecs ont rarement hazardé cette paſſion ſur le Théatre d'Athènes. Premiérement, parce que leurs Tragédies n'ayant roulé d'abord que ſur des ſujets terribles, l'eſprit des Spectateurs étoit plié à ce genre de ſpectacles; ſecondement, parce que les femmes menoient une vie infiniment plus retirée que les nôtres, & qu'ainſi

qu'ainſi le langage de l'amour n'étant pas comme aujourd'hui le ſujet de toutes les converſa-
tions, les Poëtes en étoient moins invitez à traiter cette paſſion, qui de toutes eſt la plus diffi-
cile à repréſenter, par les ménagemens infinis
qu'elle demande.

Une troiſiéme raiſon qui me paroit aſſez forte, c'eſt que l'on n'avoit point de Comedien-
nes; les rolles de femme étoient jouez par des
hommes maſquez. Il ſemble que l'amour eût
été ridicule dans leur bouche.

C'eſt tout le contraire à Londres & à Paris,
& il faut avouer que les Auteurs n'auroient
guéres entendu leurs intérêts, ni connu leur
auditoire, s'ils n'avoient jamais fait parler les
Oldfields, ou les Duclos & les Lecouvreur, que
d'ambition & de politique.

Le mal eſt que l'amour n'eſt ſouvent chez
nos Héros de Théatre que de la galanterie, &
que chez les vôtres il dégenere quelquefois en
débauche.

Dans notre Alcibiade, Piéce très-ſuivie,
mais foiblement écrite, & ainſi peu eſtimée,
on a admiré long-tems ces mauvais vers que
récitoit d'un ton ſéduiſant l'Eſopus du dernier
ſiécle.

Ah! lorsque pénétré d'un amour véritable,

Et gémiſſant aux pieds d'un objet adorable,

J'ai connu dans ſes yeux timides ou diſtraits

Que mes ſoins de ſon cœur ont pû troubler la paix,

B 4

Que

Que par l'aveu secret d'une ardeur mutuelle

La mienne a pris encore une force nouvelle.

Dans ces momens si doux j'ai cent fois éprouvé,

Qu'un mortel peut gouter un bonheur achevé.

Dans votre Venise sauvée, le vieux Renaud veut violer la femme de Jaffier, & elle s'en plaint en termes assez indécens, jusqu'à dire qu'il est venu à elle *un button d.*

Pour que l'amour soit digne du Théatre Tragique, il faut qu'il soit le nœud nécessaire de la Pièce, & non qu'il soit amené par force pour remplir le vuide de vos Tragédies & des nôtres qui sont toutes trop longues; il faut que ce soit une passion véritablement Tragique, regardée comme une foiblesse, & combattuë par des remords : Il faut ou que l'amour conduise aux malheurs & aux crimes, pour faire voir combien il est dangereux, ou que la vertu en triomphe, pour montrer qu'elle n'est pas invincible; sans cela ce n'est plus qu'un amour d'Eglogue ou de Comédie.

C'est à vous, MYLORD, à décider si j'ai rempli quelques-unes de ces conditions; mais que vos Amis daignent surtout ne point juger du génie & du goût de notre Nation par ce Discours, & par cette Tragédie que je vous envoye. Je suis peut-être un de ceux qui cultivent les Lettres en France avec moins de succès; & si les sentimens que je soumets ici à votre censure, sont désapprouvez, c'est à moi seul qu'en appartient le blâme.

Au

Au reste, je dois vous dire que dans le grand nombre de fautes dont cette Tragédie est pleine, il y en a quelques-unes contre l'exacte pureté de nôtre Langue. Je ne suis point un Auteur assez considérable pour qu'il me soit permis de passer quelquefois pardessus les règles séveres de la Grammaire.

Il y a un endroit où Tullie dit,

Rome & moi dans un jour ont vû changer leur sort.

Il falloit dire pour parler purement,

* Rome & moi dans un jour avons changé de sort.

J'ai fait la même faute en deux ou trois endroits, & c'est beaucoup trop dans un Ouvrage dont les défauts sont rachetez par si peu de beautez.

* C'est ainsi qu'on lit ce Vers dans cette Edition, revuë & corrigée par l'Auteur.

ACTEURS.

JUNIUS BRUTUS,
VALERIUS PUBLICOLA, } Confuls.

T I T U S, fils de Brutus.

T U L L I E, fille de Tarquin.

A L C I N E, Confidente de Tullie.

A R O N S, Ambaſſadeur de Porſenna.

M E S S A L A, Ami de Titus.

P R O C U L U S, Tribun Militaire.

A L B I N, Confident d'Arons.

S E N A T E U R S.

L I C T E U R S.

BRUTUS TRAGEDIE.

BRUTUS.

ACTE PREMIER.

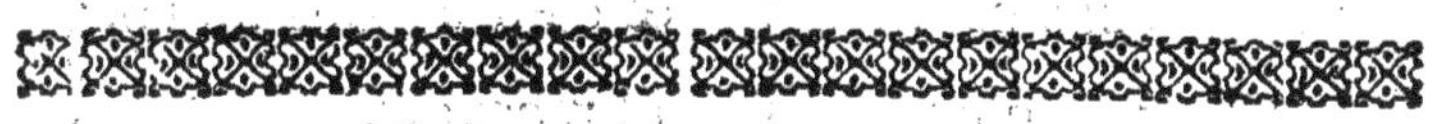

SCENE I.

Le Théatre repréſente une partie de la Maiſon des Conſuls ſur le Mont Tarpeïen ; le Temple du Capitole ſe voit dans le fond. Les Sénateurs ſont aſſemblés entre le Temple & la Maiſon, devant l'Autel de Mars. Brutus & Valerius Publicola, Conſuls, préſident à cette Aſſemblée ; les Sénateurs ſont rangés en demi cercle. Des Licteurs avec leurs faiſceaux ſont debout derriere les Sénateurs.

BRUTUS.

Eſtructeurs des Tyrans, vous qui n'avez pour Rois

Que les Dieux de Numa, vos Vertus, & nos Loix ;

Enfin notre Ennemi commence à nous connoître.

Ce ſuperbe Toſcan, qui ne parloit qu'en maître,

Por-

Porsenna, de Tarquin, ce formidable appui,
Ce Tyran, Protecteur d'un Tyran comme lui,
Qui couvre, de son camp, les rivages du Tibre;
Respecte le Senat, & craint un Peuple libre:
Aujourd'hui devant vous, abaissant sa hauteur,
Il demande à traiter par un Ambassadeur;
Arons qu'il nous députe, en ce moment s'avance;
Aux Senateurs de Rome il demande audience;
Il attend dans ce Temple: & c'est à vous de voir
S'il le faut refuser, s'il le faut recevoir.

VALERIUS PUBLICOLA.

Quoiqu'il vienne annoncer, quoiqu'on puisse en atten-
　　dre;
Il le faut à son Roi renvoyer, sans l'entendre;
Tel est mon sentiment.　Rome ne traite plus
Avec ses Ennemis, que quand ils sont vaincus.
Votre Fils, il est vrai, vangeur de sa Patrie,
A deux fois repoussé le Tyran d'Etrurie;
Je sai tout ce qu'on doit à ses vaillantes mains,
Je sai qu'à votre exemple il sauva les Romains;
Mais ce n'est point assez. Rome, assiegée encore,
Voit dans les champs voisins ces Tyrans qu'elle abhor-
Que Tarquin satisfasse aux ordres du Sénat,　　(re.
Exilé par nos Loix, qu'il sorte de l'Etat,

De

De fon coupable afpect qu'il purge nos Frontiéres:

Et nous pourrons enfuite écouter fes priéres.

Ce nom d'Ambaffadeur a paru vous frapper;

Tarquin n'a pû nous vaincre, il cherche à nous tromper.

L'Ambaffadeur d'un Roi m'eft toujours redoutable,

Ce n'eft qu'un ennemi, fous un titre honorable,

Qui vient, rempli d'orgueil, ou de dexterité,

Infulter ou trahir, avec impunité.

Rome! n'écoute point leur féduifant langage;

Tout art t'eft étranger, combattre eft ton partage;

Confonds tes ennemis, de ta gloire irrités;

Tombe, ou puni les Rois; ce font-là tes traités...

B R U T U S.

Rome fait à quel point fa liberté m'eft chére,

Mais, plein du même efprit, mon fentiment différe;

Je vois cette Ambaffade, au nom des Souverains,

Comme un premier hommage aux Citoyens Romains;

Accoutumons des Rois la fierté defpotique,

A traiter en égale avec la République,

Attendant que du Ciel rempliffant les décrets,

Quelque jour avec elle ils traitent en fujets.

Arons vient voir ici Rome, encor chancelante,

Découvrir les refforts de fa grandeur naiffante.

Epier fon génie, obferver fon pouvoir;

Romains, c'eft pour cela qu'il le faut recevoir.

L'enne-

L'ennemi du Sénat connoîtra qui nous sommes;

Et l'esclave d'un Roi va voir enfin des hommes.

Que dans Rome à loisir il porte ses regards;

Il la verra dans vous, vous êtes ses remparts.

Qu'il revere en ces lieux le Dieu qui nous rassemble,

Qu'il paroisse au Sénat, qu'il l'écoute,& qu'il tremble.

Les Sénateurs se levent, & s'approchent un moment,
pour donner leurs voix.

VALERIUS PUBLICOLA.

Je vois tout le Sénat passer à votre avis.

Rome & vous, l'ordonnez.   A regret j'y souscris;

Licteurs, qu'on l'introduise; & puisse sa présence

N'apporter en ces lieux rien dont Rome s'offense.

A Brutus.

C'est sur vous seul ici que nos yeux sont ouverts;

C'est vous qui le premier avez rompu nos fers;

De notre liberté soûtenez la querelle;

Brutus en est le pere, & doit parler pour elle.

SCENE

S C E N E II.

LE SENAT, ARONS, ALBIN, SUITE.

Arons entre par le côté du Théatre, précedé de deux Licteurs, & d'Albin son Confident, il passe devant les Consuls & le Sénat, qu'il salue, & il va s'asseoir sur un siege préparé pour lui sur le devant du Théatre.

A R O N S.

Consuls, & vous Sénat, qu'il m'est doux d'être
    admis
Dans ce Conseil sacré de sages Ennemis!
De voir tous ces Héros, dont l'équité sévère
N'eut jusques aujourd'hui qu'un réproche à se faire;
Témoin de leurs exploits, d'admirer leurs vertus,
D'écouter Rome enfin, par la voix de *Brutus*;
Loin des cris de ce peuple indocile & barbare,
Que la fureur conduit, réünit & sépare,
Aveugle dans sa haine, aveugle en son amour,
Qui ménace & qui craint, regne & sert en un jour;
Dont l'audace.............

B R U T U S.

Arrêtez, sachez qu'il faut qu'on nomme
Avec plus de respect les Citoyens de Rome;
La gloire du Sénat est de représenter

Ce

Ce Peuple vertueux, que l'on ose insulter.

Quittez l'art avec nous, quittez la flatterie ;

Ce poison qu'on prépare à la Cour d'Etrurie,

N'est point encor connu dans le Sénat Romain.
Pourfuivez.

A R O N S.

Moins piqué d'un difcours fi hautain,
Que touché des malheurs où cet Etat s'expofe,
Comme un de fes enfans j'embraffe ici fa caufe.

Vous voyez quel orage éclate autour de vous ;
C'eft en vain que Titus en détourna les coups ;
Je vois avec regret, fa valeur & fon zèle
N'afsûrer aux Romains qu'une chute plus belle :
Sa victoire affoiblit vos remparts défolés.
Du fang qui les inonde ils femblent ébranlés.
Ah ! ne réfufez plus une paix néceffaire.
Si du Peuple Romain le Sénat eft le pere,
Porfenna l'eft des Rois que vous perfécutez.

Mais vous, du nom Romain vangeurs fi redoutés,
Vous des droits des mortels éclairés interprêtes,
Vous qui jugez les Rois, regardez où vous êtes ;
Voici ce Capitole, & ces mêmes Autels,
Où jadis, atteftant tous les Dieux immortels,
J'ai vû chacun de vous, brûlant d'un autre zèle,
A Tarquin votre Roi, jurer d'être fidèle,

Quels

Quels Dieux ont donc changé les droits des Souve-
rains ?
Quel pouvoir a rompu des nœuds jadis si faints ?
Qui du front de Tarquin ravit le diadême ?
Qui peut de vos fermens vous dégager ?

BRUTUS.

Lui même.

N'alleguez point ces nœuds que le crime a rompus,
Ces Dieux qu'il outragea, ces droits qu'il a perdus ;
Nous avons fait, Arons, en lui rendant hommage,
Serment d'obéiffance, & non point d'efclavage.
Et puisqu'il vous fouvient d'avoir vû dans ces lieux
Le Sénat à fes pieds, faifant pour lui des vœux ;
Songez qu'en ce lieu même, à cet Autel augufte,
Devant ces mêmes Dieux, il jura d'être jufte,
De fon Peuple & de lui tel étoit le lien ;
Il nous rend nos fermens, lorfqu'il trahit le fien,
Et dès qu'aux Loix de Rome il ofe être infidèle.
Rome n'eft plus fujette, & lui feul eft rebelle.

ARONS.

Ah ! quand il feroit vrai que l'abfolu pouvoir
Eût entraîné Tarquin par-de-là fon devoir,
Qu'il en eût trop fuivi l'amorce enchantereffe :

C Quel

Quel homme eſt ſans erreur ? & quel Roi ſans foibleſſe?

Eſt-ce à vous de prétendre au droit de le punir ?

Vous nez tous ſes Sujets, vous faits pour obéïr!

Un fils ne s'arme point contre un coupable pere;

Il détourne les yeux, le plaint, & le révere.

Les droits des Souverains, ſont-ils moins précieux ?

Nous ſommes leurs enfans, leurs Juges ſont les Dieux.

Si le Ciel quelquefois les donne en ſa colère,

N'allez pas mériter un preſent plus ſévère,

Trahir toutes les Loix, en voulant les vanger,

Et renverſer l'Etat, au lieu de le changer.

Inſtruit par le malheur (ce grand Maître de l'homme)

Tarquin ſera plus juſte, & plus digne de Rome.

Vous pouvez raffermir par un accord heureux,

Des Peuples & des Rois les légitimes nœuds,

Et faire encor fleurir la liberté publique,

Sous l'ombrage ſacré du pouvoir monarchique.

B R U T U S.

Arons, il n'eſt plus temps ; chaque Etat a ſes Loix,

Qu'il tient de ſa nature, ou qu'il change à ſon choix;

Eſclaves de leurs Rois, & même de leurs Prêtres,

Les Toſçans ſemblent nez pour ſervir ſous des Maîtres;

Et de leur chaîne antique adorateurs heureux,

Voudroient que l'Univers fût eſclave comme eux.

La

La Grece entiere eſt libre, & la molle Ionie
Sous un joug odieux languit aſſujettie.
Rome eut ſes Souverains, mais jamais abſolus.
Son premier citoyen fut le grand Romulus;
Nous partagions le poids de ſa grandeur ſuprême;
Numa, qui fit nos Loix, y fut ſoûmis lui-même;
Rome enfin, je l'avouë, a fait un mauvais choix:
Chez les Toſcans, chez vous, elle a choiſi ſes Rois;
Ils nous ont apporté du fond de l'Etrurie
Les vices de leur Cour, avec la tyrannie.

> *Il ſe leve;*

Pardonnez-nous, grands Dieux! ſi le Peuple Romain
A tardé ſi long-temps à condamner Tarquin.
Le ſang qui regorgea ſous ſes mains meurtrieres,
De notre obéïſſance a rompu les barrieres.
Sous un Sceptre de fer tout ce Peuple abbatu,
A force de malheurs a repris ſa vertu;
Tarquin nous a remis dans nos droits légitimes;
Le bien public eſt né de l'excès de ſes crimes:
Et nous donnons l'éxemple à ces mêmes Toſcans,
S'ils pouvoient, à leur tour, être las des Tyrans.

> *Les Conſuls deſcendent vers l'Autel, & le Sénat ſe
> leve.*

O Mars! Dieu des Héros, de Rome, & des batailles,

Qui combats avec nous, qui défends ces murailles!
Sur ton Autel sacré, Mars, reçoi nos sermens,
Pour ce Sénat, pour moi, pour tes dignes enfans!
Si dans le sein de Rome il se trouvoit un traître,
Qui regrettât les Rois, & qui voulût un maître,
Que le perfide meure au milieu des tourments:
Que sa cendre coupable, abandonnée aux vents,
Ne laisse ici qu'un nom, plus odieux encore
Que le nom des Tyrans, que Rome entiere abhorre.

A R O N S,

avançant vers l'Autel.

Et moi, sur cet Autel qu'ainsi vous profanez,
Je jure au nom du Roi que vous abandonnez,
Au nom de Porsenna, vangeur de sa querelle,
A vous, à vos enfans, une guerre immortelle.

Les Senateurs font un pas vers le Capitole.

Senateurs, arrêtez, ne vous séparez pas;
Je ne me suis pas plaint de tous vos attentats;
La Fille de Tarquin, dans vos mains demeurée,
Est-elle une victime, à Rome consacrée?
Et donnez-vous des fers à ses royales mains,
Pour mieux braver son pere, & tous les Souverains?
Que dis-je! tous ces biens, ces trésors, ces richesses,

Que

Que des Tarquins dans Rome épuifoient les largeffes,
Sont ils votre conquête, ou vous font-ils donnez?
Eft-ce pour les ravir que vous le détrônez?
Sénat, fi vous l'ofez, que Brutus les dénie.

BRUTUS, *fe tournant vers* ARONS.

Vous connoiffez bien mal, & Rome, & fon génie.
Ces Peres des Romains, vangeurs de l'équité,
Ont blanchi dans la pourpre, & dans la pauvreté.
Au-deffus des tréfors, que fans peine ils vous cédent;
Leur gloire eft de dompter les Rois qui les poffédent.
Prenez cet Or, Arons, il eft vil à nos yeux.
Quant au malheureux Sang d'un Tyran odieux,
Malgré la jufte horreur que j'ai pour fa Famille,
Le Sénat à mes foins a confié fa fille.
Elle n'a point ici de ces refpects flatteurs,
Qui des enfans des Rois empoifonnent les cœurs;
Elle n'a point trouvé la pompe & la molleffe,
Dont la Cour des Tarquins enivra fa jeuneffe.
Mais je fai ce qu'on doit de bontez & d'honneur,
A fon fexe, à fon âge, & fur tout au malheur.
Dès ce jour en fon camp que Tarquin la revoye,
Mon cœur même en conçoit une fecrette joye.
Qu'aux Tyrans déformais rien ne refte en ces lieux,
Que la haine de Rome, & le courroux des Dieux.

Pour emporter au camp l'Or qu'il faut y conduire,
Rome vous donne un jour ; ce tems doit vous fuffire;
Ma maifon cependant eft votre fûreté :
Jouïffez-y des droits de l'hofpitalité.
Voilà ce que par moi le Sénat vous annonce.
Ce foir à Porfenna reportez ma réponfe.
Reportez-lui la guerre : & dites à Tarquin
Ce que vous avez vû, dans le Sénat Romain.

Aux Sénateurs.

Et nous du Capitole, allons orner le faîte
Des lauriers, dont mon fils vient de ceindre fa tête;
Sufpendons ces drapeaux, & ces dards tout fanglans,
Que fes heureufes mains ont ravis aux Tofcans.
Ainfi puiffe toujours, plein du même courage,
Mon fang digne de vous, vous fervir d'âge en âge.
Dieux, protegez ainfi contre nos Ennemis
Le Confulat du Pere, & les armes du Fils !

SCENE

SCENE III.

ARONS, ALBIN,

*Qui font fuppofez être entrés de la falle d'Audience
dans un autre appartement de la maifon de Brutus.*

ARONS.

AS-tu bien remarqué cet orgueil inflexible,
Cet efprit d'un Sénat, qui fe croit invincible?
Il le feroit, Albin, fi Rome avoit le temps
D'affermir cette audace au cœur de fes enfans;
Croi-moi, la liberté que tout mortel adore,
Que je veux leur ôter, mais que j'admire encore,
Donne à l'homme un courage, infpire une grandeur,
Qu'il n'eût jamais trouvés dans le fond de fon cœur.
Sous le joug des Tarquins, la Cour & l'efclavage
Amolliffoit leurs mœurs, énervoit leur courage;
Leurs Rois trop occupés à dompter leurs Sujets,
De nos heureux Tofcans, ne troubloient point la paix.
Mais fi ce fier Sénat réveille leur génie,
Si Rome eft libre, Albin, c'eft fait de l'Italie.
Ces Lions, que leur Maître avoit rendus plus doux,
Vont reprendre leur rage, & s'élancer fur nous.
Etouffons dans leur fang la fémence féconde,

C 4

Des

Des maux de l'Italie, & des troubles du monde:
Affranchiſſons la terre, & donnons aux Romains
Ces fers qu'ils deſtinoient au reſte des humains.
Meſſala viendra-t il ? pourrai-je ici l'entendre ?
Oſera-t-il . . . . .

A L B I N.

Seigneur, il doit ici ſe rendre ;
A toute heure il y vient. Titus eſt ſon appui.

A R O N S.

As-tu pu lui parler ? puis-je compter ſur lui ?

A L B I N,

Seigneur, ou je me trompe, ou Meſſala conſpire,
Pour changer ſes deſtins plus que ceux de l'Empire.
Il eſt ferme, intrépide, autant que ſi l'honneur
Ou l'amour du païs excitoient ſa valeur ;
Maître de ſon ſecret, & maître de lui-même ;
Impénétrable, & calme, en ſa fureur extrême.

A R O N S.

Tel autrefois dans Rome il parut à mes yeux,
Lorsque Tarquin, régnant, me reçut dans ces lieux.
Et ſes Lettres depuis, ... mais je le vois paroître.

SCENE

SCENE IV.

ARONS, MESSALA, ALBIN.

ARONS.

GEnéreux Meffala, l'appui de votre maître,
Eh bien, l'Or de Tarquin, les préfens de mon Roi
Des Sénateurs Romains, n'ont pu tenter la foi !
Les plaifirs d'une Cour, l'efpérance, la crainte,
A ces cœurs endurcis, n'ont pu porter d'atteinte !
Ces fiers Patriciens, font ils autant de Dieux
Jugeant tous les mortels, & ne craignant rien d'eux?
Sont-ils fans paffion, fans interêt, fans vice ?

MESSALA.

Ils ofent s'en vanter ; mais leur feinte juftice,
Leur âpre auftérité, que rien ne peut gagner,
N'eft dans ces cœurs hautains que la foif de regner ;
Leur orgueil foule aux pieds l'orgueil du Diadême ;
Ils ont brifé le joug, pour l'impofer eux-même ;
De notre liberté ces illuftres vangeurs,
Armés pour la défendre, en font les oppreffeurs ;
Sous les noms féduifants, de Patrons, & de Peres,
Ils affectent des Rois les démarches altieres ;

C 5

Rome

Rome a changé de fers, & sous le joug des Grands,
Pour un Roi qu'elle avoit, a trouvé cent Tyrans.

A R O N S.

Parmi vos Citoyens, en est-il d'assez sage,
Pour détester tout bas cet indigne esclavage ?

M E S S A L A.

Peu sentent leur état, leurs esprits égarés,
De ce grand changement sont encore enyvrés ;
Le plus vil Citoyen, dans sa bassesse extrême,
Ayant chassé les Rois, pense être Roi lui-même.
Mais je vous l'ai mandé, Seigneur, j'ai des amis,
Qui sous ce joug nouveau sont à regret soumis,
Qui dédaignant l'erreur des Peuples imbéciles,
Dans ce torrent fougueux restent seuls immobiles,
Des mortels éprouvés, dont la tête & le bras
Sont faits pour ébranler, ou changer les Etats.

A R O N S.

De ces braves Romains, que faut-il que j'espere ?
Serviront-ils leur Prince ?

M E S S A L A.

    Ils sont prêts à tout faire ;
Tout leur sang est à vous ; mais ne prétendez pas
          Qu'en

Qu'en aveugles Sujets ils fervent des ingrats.

Ils ne fe piquent point, du devoir fanatique,

De fervir de victime au pouvoir defpotique,

Ni du zèle infenfé de courir au trépas,

Pour vanger un Tyran qui ne les connoît pas.

Tarquin promet beaucoup ; mais devenu leur maître

Il les oublîra tous, ou les craindra peut-être.

Je connois trop les Grands ; dans le malheur amis,

Ingrats dans la fortune, & bien-tôt ennemis :

Nous fommes de leur gloire un inftrument fervile,

Rejetté par dedain, dès qu'il eft inutile,

Et brifé fans pitié, s'il devient dangereux.

A des conditions on peut compter fur eux ;

Ils demandent un Chef, digne de leur courage,

Dont le nom feul impofe à ce Peuple volage.

Un Chef affez puiffant, pour obliger le Roi,

Même après le fuccès, à nous tenir fa foi ;

Ou fi de nos deffeins la trame eft découverte,

Un Chef affez hardi pour vanger notre perte.

A R O N S.

Mais vous m'aviez écrit que l'orgueilleux Titus....

M E S S A L A.

Il eft l'apui de Rome, il eft fils de Brutus ;

Cepen-

Cependant. . . . .

A R O N S.

De quel œil voit-il les injuftices,
Dont ce Sénat fuperbe a payé fes fervices ?
Lui feul a fauvé Rome ; & toute fa valeur
En vain du Confulat lui mérita l'honneur ;
Je fai qu'on le refufe.

M E S S A L A.

Et je fai qu'il murmure ;
Son cœur altier & prompt eft plein de cette injure ;
Pour toute récompenfe il n'obtient qu'un vain bruit,
Qu'un triomphe frivole, un éclat qui s'enfuit.
J'obferve d'affez près fon ame impérieufe,
Et de fon fier courroux la fougue impétueufe ;
Dans le Champ de la Gloire il ne fait que d'entrer ;
Il y marche en aveugle, on l'y peut égarer ;
La bouillante jeuneffe eft facile à féduire,
Mais que de Préjugez nous aurions à détruire !
Rome, un Conful, un pere, & la haine des Rois,
Et l'horreur de la honte, & fur tout fes exploits.
Connoiffez donc Titus, voyez toute fon ame,
Le courroux qui l'aigrit, le poifon qui l'enflâme ;
Il brûle pour Tullie ;

A R O N S.

A R O N S.

Il l'aimeroit?

M E S S A L A.

Seigneur,

À peine ai-je arraché ce fecret de fon cœur,

Il en rougit lui-même : & cette ame inflexible

N'ofe avouër qu'elle aime, & craint d'être fenfible ;

Parmi les paffions dont il eft agité,

Sa plus grande fureur eft pour la liberté.

A R O N S.

C'eft donc des fentimens & du cœur d'un feul homme

Qu'aujourd'hui, malgré moi, dépend le fort de Rome!

A Albin.

Ne nous rebutons pas. Préparez-vous, Albin,

A vous rendre fur l'heure aux tentes de Tarquin.

A Meffala.

Entrons chez la Princeffe ; un peu d'experience

M'a pu du cœur humain donner quelque fcience ;

Je lirai dans fon ame : & peut être fes mains

Vont former l'heureux piége, où j'attens les Romains.

Fin du premier Acte.

A C T E

ACTE SECOND.

SCENE I.

Le Théatre repréſente, ou eſt ſuppoſé repréſenter un Appartement du Palais des Conſuls.

TULLIE, ALGINE.

ALGINE.

OUi, vous allez regner ; le deſtin moins ſévere
Vous rend tout ce qu'il ôte à Tarquin votre pere ;
Un hymen glorieux va ranger ſous vos loix
Un Peuple obéïſſant, & fidèle à ſes Rois.
Un grand Roi vous attend ; l'heureuſe Ligurie
Va vous faire oublier cette ingrate Patrie.

Cependant votre cœur ouvert aux déplaiſirs,
Dans ſes proſpérités s'abandonne aux ſoupirs ;
Vous accuſez les Dieux qui pour vous s'attendriſſent
Vos yeux ſemblent éteints des pleurs qui les rempliſ-
    ſent.
Ah ! ſi mon amitié, partageant vos malheurs,
N'a connu de tourmens, que vos ſeules douleurs ;
Si vous m'aimez, parlez ; quel chagrin vous dévore?

Pour-

Pourriez-vous en partant regretter Rome encore ?

TULLIE.

Rome ? féjour fanglant de carnage & d'horreur !
Rome ? tombeau du Trône & de tout mon bonheur !
Lieux où je fuis encore aux fers abandonnée !
Demeure trop funefte au fang dont je fuis née !
Rome ? pourquoi faut-il qu'en cet affreux féjour
Un Héros vertueux, Titus ait vû le jour ?

ALGINE.

Quoi ! de Titus encor l'ame préoccupée,
Vous en gémiffiez feule, & vous m'aviez trompée ?
Quoi ! vous qui vous vantiez de ne voir en Titus
Que l'ennemi des Rois, que le fils de Brutus ;
Qu'un deftructeur du Trône, armé pour fa ruine ;
Vous qui le haïffiez. . . .

TULLIE.

    Je le croïois, Algine.
Honteufe de moi-même, & de ma folle ardeur,
Je cherchois à douter du crime de mon cœur.
Avec toi renfermée, & fuïant tout le monde,
Me livrant dans tes bras à ma douleur profonde,
Hélas ! je me flattois de pleurer avec toi,
Et la mort de mon frere, & les malheurs du Roi.

M2

Ma douleur quelquefois me sembloit vertueuse;
Je détournois les yeux de sa source honteuse;
Je me trompois; pardonne, il faut tout avoüer.
Ces pleurs que tant de fois tu daignas essuyer,
Que d'un frere au tombeau me demandoit la cendre,
L'amour les arracha; Titus les fit répandre.
Je sens trop à son nom d'où partoient mes ennuis;
Je sens combien je l'aime, alors que je le fuis;
Cet ordre, cet hymen, ce départ qui me tuë,
M'arrachent le bandeau, qui me couvroit la vûë;
Tu vois mon ame entiere, & toutes ses erreurs.

A L G I N E.

Fuyez donc à jamais ces fiers Usurpateurs;
Pour le sang des Tarquins Rome est trop redoutable.

T U L L I E.

Hélas! quand je l'aimai, je n'étois point coupable,
C'est toi seule, c'est toi, qui vantant ses vertus
Me découvris mes feux, à moi-même inconnus.
Je ne t'accuse point du malheur de ma vie;
Mais lorsque dans ces lieux la paix me fut ravie;
Pourquoi démêlois-tu ce timide embarras,
D'un cœur né pour aimer, qui ne le savoit pas?
Tu me peignois Titus, à la Cour de mon pere

Entraî-

Entraînant tous les cœurs empreſſés à lui plaire;

Digne du ſang des Rois, qui coule avec le ſien;

Digne du choix d'un pere, & plus encor du mien.

Hélas! en t'écoutant ma timide innocence

S'enivra du poiſon d'une vaine eſpérance.

Tout m'aveugla. Je crus découvrir dans ſes yeux,

D'un feu qu'il me cachoit l'aveu reſpectueux;

J'étois jeune, j'aimois, je croïois être aimée.

Chere & fatale erreur qui m'avez trop charmée!

O douleur! ô revers plus affreux que la mort!

Rome & moi dans un jour avons changé de ſort.

Le fier Brutus arrive; il parle, on ſe ſouleve;

Sur le Trône détruit, la liberté s'éleve;

Mon Palais tombe en cendre, & les Rois ſont proſcrits.

Tarquin fuit ſes Sujets, ſes Dieux, & ſon Païs;

Il fuit, il m'abandonne, il me laiſſe en partage,

Dans ces lieux déſolés, la honte, l'eſclavage,

La haine qu'on lui porte; &, pour dire encor plus,

Le poids humiliant des bienfaits de Brutus;

La guerre ſe déclare, & Rome eſt aſſiégée;

Rome, tu ſuccombois, j'allois être vangée;

Titus, le ſeul Titus, arrête tes deſtins!

Je vois tes murs tremblans, ſoutenus par ſes mains;

Il combat, il triomphe; ô mortelles allarmes!

D

Titus

Titus eſt en tout temps la ſource de mes larmes.

Entens-tu tous ces cris ? vois-tu tous ces honneurs
Que ce Peuple décerne à ſes Triomphateurs ?
Ces aigles à Tarquin par Titus arrachées,
Ces dépouilles des Rois à ce Temple attachées,
Ces lambeaux précieux d'étendarts tout ſanglans,
Ces couronnes, ces chars, ces feſtons, cet encens,
Tout annonce en ces lieux ſa gloire & mon outrage.
Mon cœur, mon lâche cœur l'en chérit davantage.
Par ces triſtes combats, gagnés contre ſon Roi,
Je vois ce qu'il eût fait, s'il combattoit pour moi ;
Sa valeur m'éblouït, cet éclat qui m'impoſe,
Me laiſſe voir ſa gloire, & m'en cache la cauſe.

A L G I N E.

L'abſence, la raiſon, ce Trône où vous montez,
Rendront un heureux calme à vos ſens agitez ;
Vous vaincrez vôtre amour, & quoiqu'il vous en coute,
Vous ſaurez . . .

T U L L I E.

Oui, mon cœur le haïra ſans doute.
Ce fier Républicain, tout plein de ſes exploits,
Voit d'un œil de courroux la fille de ſes Rois ;
Ce jour, tu t'en ſouviens, plein d'horreur & de gloire,
Ce jour que ſignala ſa prémiere victoire,

Quand

Quand Brutus enchanté le reçut dans ces lieux,
Du sang de mon parti tout couvert à mes yeux ;
Incertaine, tremblante, & démentant ma bouche,
J'interdis ma présence à ce Romain farouche.
Quel penchant le cruel sentoit à m'obéir !
Combien depuis ce temps il se plaît à me fuir ?
Il me laisse à mon trouble, à ma foiblesse extrême,
A mes douleurs.

ALGINE.

On vient. Madame, c'est lui-même.

SCENE II.

TITUS. TULLIE. ALGINE.

TITUS, au fond du Théâtre.

Voyons-la, n'écoutons que mon seul désespoir.

TULLIE.

Dieux ! je ne puis le fuir, & tremble de le voir.

TITUS.

Mon abord vous surprend, Madame ; & ma présence
Est à vos yeux en pleurs, une nouvelle offense ;
Mon cœur s'étoit flatté de vous obéir mieux ;

D 2

Mais

Mais vous partez. Daignez recevoir les adieux
D'un Romain qui pour vous eût prodigué ſa vie;
Qui ne vous préféra que ſa ſeule Patrie;
Qui le feroit encor; mais qui dans ces combats,
Où l'amour du Païs précipita ſes pas,
Ne chercha qu'à finir ſa vie infortunée;
Puisqu'à vous offenſer les Dieux l'ont condamnée.

T U L L I E.

Dans quel temps à mes yeux le cruel vient s'offrir!
Quoi vous! fils de Brutus, vous que je dois haïr?
Vous, l'auteur inhumain des malheurs de ma vie,
Vous opprimez mon pere, & vous plaignez Tullie?
Dans ce jour de triomphe, & parmi tant d'honneurs,
Venez-vous à mes yeux jouïr de mes douleurs?
Tant de gloire ſuffit. N'y joignez point mes larmes.

T I T U S.

Le Ciel a de ma gloire empoiſonné les charmes.
Puiſſe ce Ciel pour vous plus juſte deſormais,
A vos malheurs paſſés égaler ſes bienfaits!
Il vous devoit un Trône; allez regner, Madame,
Partagez d'un grand Roi la Couronne & la flâme;
Il ſera trop heureux; il combattra pour vous;
Et c'eſt le ſeul des Rois dont mon cœur eſt jaloux,

Le

Le feul dans l'Univers, digne de mon envie.

T U L L I E.

Calme ton trouble affreux, malheureufe Tullie;
Sortons... où fuis-je?

T I T U S.

    Hélas! où vais-je m'emporter?
Mon fort eft-il toujours de vous perfécuter?
Eh bien! voyez mon cœur; & daignez me connoître.
Je fus votre ennemi, Madame, & j'ai du l'être;
Mais pour vous en vanger, les deftins en courroux
M'avoient fait votre efclave, en m'armant contre vous;
Ce feu que je condamne, autant qu'il vous offenfe,
Né dans le defefpoir, nourri dans le filence,
Accru par votre haine, en ces derniers momens
Ne peut plus devant vous fe cacher plus long-temps;
Puniffez, confondez un aveu témeraire;
Secondez mes remords, armez votre colere;
Je n'attens, je ne veux ni pardon, ni pitié;
Et ne mérite rien que votre inimitié.

T U L L I E.

Quels maux tu m'as caufez, Brutus inéxorable!

D 3   TITUS.

TITUS.

Vangez-vous fur fon fils, il eft le feul coupable.
Puniffez fes exploits, fes feux, fes cruautez ;
Il pourfuit votre Pere, il vous aime...

TULLIE.

                   Arrêtez ;
Vous favez qui je fuis, & qu'un Romain peut-être
Devoit plus de refpect au fang qui m'a fait naître ;
Mais je ne m'arme point contre un fils de Brutus,
Du vain orgueil d'un rang qu'il ne reconnoît plus.
Je fuis dans Rome encor, mais j'y fuis prifonniere ;
Je porte ici le poids des malheurs de mon pere ;
Mes maux font votre ouvrage : & j'ofe me flatter
Qu'un Héros tel que vous n'y veut point infulter,
Qu'il ne recherche point la criminelle gloire,
De tenter fur mon cœur une indigne victoire.
Mais fi pour comble enfin de mes deftins affreux
J'ai fur vous en effet ce pouvoir malheureux,
Si le cœur d'un Romain connoit l'obéiffance,
Si je puis commander, évitez ma préfence ;
Pour la derniere fois, ceffez de m'accabler,
Et refpectez les pleurs que vos mains font couler.

SCENE III.

TITUS *feul.*

QU'ai-je dit ? que ferai-je ? & que viens-je d'en-
tendre ?
Jufqu'où ma paffion m'a-t-elle pû furprendre ?
Ah! pourquoi faites-vous, deftin trop rigoureux,
Du jour de mon triomphe un jour fi malheureux ?

SCENE IV.

TITUS, MESSALA.

TITUS.

MEffala, c'eft à toi qu'il faut je confie
Le trouble, le fecret, le crime de ma vie;
Les orages foudains de mon cœur agité.

MESSALA.

Quoi, Seigneur! du Sénat l'injufte autorité . . .

TITUS.

L'amour, l'ambition, le Sénat, tout m'accable.

De

De ce Conseil de Rois l'orgueil insupportable
Méprise ma jeunesse, & me dispute un rang
Brigué par ma valeur, & payé par mon sang;
Au milieu du dépit, dont mon ame est saisie,
Je perds tout ce que j'aime, on m'enleve Tullie.
On te l'enleve? hélas! trop aveugle courroux,
Tu n'osois y prétendre, & ton cœur est jaloux.
Dieux! j'ai parlé; ce feu que j'avois sû contraindre,
S'irrite en s'échapant, & ne peut plus s'éteindre.
Hélas! c'en étoit fait; elle partoit; mon cœur
De sa funeste flamme alloit être vainqueur.
Je devenois Romain, je sortois d'esclavage;
Mais le Ciel a marqué ce terme à mon courage.
Quoi! le fils de Brutus, un Soldat, un Romain,
Aime, idolâtre ici la fille de Tarquin?
Coupable envers Tullie, envers Rome, & moi-même.
Ce Sénat que je hai, ce fier objet que j'aime,
Le dépit, la vangeance, & la honte, & l'amour,
De mes sens soulevés disposent tour à tour.

M E S S A L A.

Puis-je ici vous parler? mais avec confiance.

T I T U S.

TITUS.

Toujours de tes Conseils j'ai chéri la prudence.
Parle, fais-moi rougir de mes emportemens.

MESSALA.

J'approuve & votre amour, & vos reſſentimens.
Quoi! faudra-t-il toujours que Titus autoriſe
Ce Sénat de Tyrans, dont l'orgueil nous maîtriſe?
Non, s'il vous faut rougir, rougiſſez en ce jour,
De votre patience, & non de votre amour.
Quoi? pour prix de vos feux, & de tant de vaillance,
Citoyen ſans pouvoir, Amant ſans eſpérance,
Je vous verrois languir, victime de l'Etat,
Oublié de Tullie, & bravé du Sénat!
Ah! peut-être Seigneur, un cœur tel que le vôtre,
Auroit pû gagner l'une, & ſe vanger ſur l'autre.

TITUS.

Dequoi viens-tu flatter mon eſprit éperdu?
Moi, j'aurois pû fléchir, ſa haine ou ſa vertu?
Hélas! ne vois-tu pas les fatales barrieres,
Qu'élevent entre nous nos devoirs, & nos peres?
Vois-tu pas que ſa haine égale mon amour?
Elle va donc partir!

MESSALA.

Oui, Seigneur, dès ce jour.

T I T U S.

Je n'en murmure point. Le Ciel lui rend juſtice,
Il la fit pour regner.

M E S S A L A.

Ah ! ce Ciel plus propice
Lui deſtinoit peut-être un Empire plus doux.
Et ſans ce fier Sénat, ſans la guerre, ſans vous …
Pardonnez ; vous ſavez quel eſt ſon héritage ;
Son frere ne vit plus ; Rome étoit ſon partage.
Je m'emporte, Seigneur ; mais ſi pour vous ſervir,
Si pour vous rendre heureux il ne faut que périr ;
Si mon ſang ….

T I T U S.

Non , ami , mon devoir eſt le maître.
Non, croi-moi, l'homme eſt libre, au moment qu'il
veut l'être ;
Je l'avoue, il eſt vrai, ce dangereux poiſon
A pour quelques momens égaré ma Raiſon ;
Mais le cœur d'un Soldat ſait dompter la molleſſe,
Et l'amour n'eſt puiſſant que par notre foibleſſe.

M E S S A L A.

Vous voyez des Toſcans venir l'Ambaſſadeur ;

Cet

Cet honneur qu'il vous rend ...

T I T U S.

Ah! quel funeſte honneur!
Que me veut-il ? c'eſt lui qui m'enléve Tullie ;
C'eſt lui qui met le comble au malheur de ma vie.

S C E N E V.

T I T U S. A R O N S.

A R O N S,

APrès avoir en vain, près de votre Sénat,
Tenté ce que j'ai pû pour ſauver cet Etat,
Souffrez qu'à la vertu rendant un juſte hommage,
J'admire en liberté ce généreux courage,
Ce bras qui vange Rome, & ſoutient ſon païs,
Au bord du précipice, où le Sénat l'a mis.
Ah! que vous étiez digne, & d'un prix plus auguſte,
Et d'un autre Adverſaire, & d'un Parti plus juſte!
Et que ce grand courage , ailleurs mieux employé,
D'un plus digne ſalaire auroit été payé!
Il eſt, il eſt des Rois, j'oſe ici vous le dire,
Qui mettroient en vos mains le ſort de leur Empire,

Sans

Sans craindre ces vertus qu'ils admirent en vous,
Dont j'ai vû Rome éprise, & le Sénat jaloux.
Je vous plains de servir sous ce Maître farouche,
Que le mérite aigrit, qu'aucun bienfait ne touche,
Qui né pour obéir se fait un lâche honneur
D'appesantir sa main sur son libérateur ;
Lui, qui, s'il n'usurpoit les droits de la Couronne,
Devroit prendre de vous les ordres qu'il vous donne.

T I T U S.

Je rends grace à vos soins, Seigneur, & mes soupçons
De vos bontez pour moi respectent les raisons.
Je n'examine point si votre politique
Pense armer mes chagrins contre ma République,
Et porter mon dépit, avec un art si doux,
Aux indiscrétions qui suivent le courroux.
Perdez moins d'artifice à tromper ma franchise.
Ce cœur est tout ouvert, & n'a rien qu'il déguise.
Outragé du Sénat, j'ai droit de le haïr ;
Je le hai, mais mon bras est prêt à le servir.
Quand la cause commune au combat nous appelle,
Rome au cœur de ses fils éteint toute querelle.
Vainqueurs de nos débats nous marchons réünis,
Et nous ne connoissons que vous pour ennemis ;

Voilà

Voilà ce que je suis, & ce que je veux être.

Soit grandeur, soit vertu, soit préjugé peut-être,

Né parmi les Romains, je périrai pour eux.

J'aime encor mieux, Seigneur, ce Sénat rigoureux,

Tout injuste pour moi, tout jaloux qu'il peut être,

Que l'éclat d'une Cour, & le Sceptre d'un Maître.

Je suis fils de Brutus, & je porte en mon cœur

La liberté gravée, & les Rois en horreur.

A R O N S.

Ne vous flattez-vous point d'un charme imaginaire?

Seigneur, ainsi qu'à vous la liberté m'est chere.

Quoique né sous un Roi, j'en goûte les appas;

Vous vous perdez pour elle, & n'en jouïssez pas.

Est-il donc entre nous rien de plus despotique

Que l'esprit d'un Etat qui passe en République?

Vos Loix sont vos Tyrans; leur barbare rigueur

Devient sourde au mérite, au sang, à la faveur.

Le Sénat vous opprime, & le Peuple vous brave.

Il faut s'en faire craindre, ou ramper leur esclave.

Le Citoyen de Rome, insolent ou jaloux,

Ou hait vôtre grandeur, ou marche égal à vous.

Trop d'éclat l'éfarouche, il voit d'un œil sévere

Dans le bien qu'on lui fait, le mal qu'on lui peut faire;

Et

Et d'un banniſſement le Décret odieux
Devient le prix du ſang qu'on a verſé pour eux.

Je ſai bien que la Cour, Seigneur, a ſes naufrages;
Mais ſes jours ſont plus beaux, ſon Ciel a moins
         d'orages.
Souvent la liberté, dont on ſe vante ailleurs,
Etale auprès d'un Roi ſes dons les plus flatteurs;
Il récompenſe, il aime, il prévient les ſervices;
La gloire auprès de lui ne ſuit point les délices.
Aimé du Souverain, de ſes rayons couvert,
Vous ne ſervez qu'un Maître, & le reſte vous ſert;
Ebloüi d'un éclat, qu'il reſpecte & qu'il aime,
Le vulgaire applaudit juſqu'à nos fautes même;
Nous ne redoutons rien d'un Sénat trop jaloux,
Et les ſéveres Loix ſe taiſent devant nous;
Ah! que né pour la Cour, ainſi que pour les armes,
Des faveurs de Tarquin vous goûteriez les charmes!
Il me l'a dit cent fois; il vous aimoit, Seigneur;
Il auroit avec vous partagé ſa grandeur.
Du Sénat à vos pieds la fierté proſternée,
Auroit . . . . .

T I T U S.

J'ai vû ſa Cour, & je l'ai dédaignée.
Je pourrois, il eſt vrai, mandier ſon appui,

Et

Et ſon prémier eſclave être Tyran ſous lui.

Grace au Ciel, je n'ai point cette indigne foibleſſe;

Je veux de la grandeur, & la veux ſans baſſeſſe;

Je ſens que mon deſtin n'étoit point d'obéïr;

Je combattrai vos Rois : retournez les ſervir.

A R O N S.

Je ne puis qu'aprouver cet excès de conſtance;

Mais ſongez que lui-même éleva votre enfance;

Il s'en ſouvient toûjours. Hier encor, Seigneur,

En pleurant avec moi ſon fils, & ſon malheur,

Titus, me diſoit-il, ſoutiendroit ma Famille,

Et lui ſeul méritoit mon Empire & ma Fille.

T I T U S, *en ſe détournant.*

Sa Fille! Dieux! Tullie? O! vœux infortunez!

A R O N S, *en regardant Titus.*

Je la ramene au Roi que vous abandonnez;

Elle va loin de vous, & loin de ſa Patrie,

Accepter pour époux le Roi de Ligurie;

Vous cependant ici ſervez votre Sénat,

Perſécutez ſon Pere, opprimez ſon Etat.

J'eſpere que bien-tôt ces voûtes embraſées,

Ce Capitole en cendre, & ces Tours écraſées;

Du Sénat & du Peuple éclairant les tombeaux,
A cet hymen heureux vont fervir de flambeaux.

SCENE VI.
TITUS, MESSALA.

TITUS.

AH mon cher Meffala, dans quel trouble il me laiffe!
Tarquin me l'eût donnée! ô douleur qui me preffe!
Moi j'aurois pû!… mais non ; Miniftre dangereux,
Tu venois épier le fecret de mes feux.
Hélas! en me voyant, fe peut il qu'on l'ignore!
Il a lû dans mes yeux l'ardeur qui me dévore.
Certain de ma foibleffe, il retourne à fa Cour
Infulter aux projets d'un témeraire amour.
J'aurois pû l'époufer! lui confacrer ma vie!
Le Ciel à mes défirs eût deftiné Tullie!
Malheureux, que je fuis !

MESSALA.

             Vous pourriez être heureux;
Arons pourroit fervir vos légitimes feux.
Croïez-moi.

                     T I -

TITUS.

Banniſſons un eſpoir ſi frivole,
Rome entiere m'appelle aux murs du Capitole.
Le peuple raſſemblé ſous ces Arcs triomphaux,
Tout chargés de ma gloire, & pleins de mes travaux,
M'attend pour commencer les ſermens redoutables,
De notre liberté garants inviolables.
Allons . . .

MESSALA.

Allez chercher ces Senateurs jaloux,
Allez ſervir ces Rois. . .

TITUS.

O tendreſſe, ô couroux!
Malheureux ! ce Sénat, dont l'orgueil t'humilie,
Le haïrois-tu tant, ſi tu n'aimois Tullie?
Tout révolte en ces lieux tes ſens déſeſperez;
Tout paroit injuſtice à tes yeux égarez.
Va, c'eſt trop à la fois, éprouver de foibleſſe.
Etouffe ton dépit, commande à ta tendreſſe;
Que tant de paſſions qui déchirent ton cœur,
Soient au rang des Tyrans, dont Titus eſt vainqueur.

Fin du ſecond Acte.

E   *ACTE*

ACTE TROISIEME.

SCENE I.

A R O N S, A L B I N, M E S S A L A.

A R O N S, *une Lettre à la main.*

JE commence à goûter une juste espérance,
Vous m'avez bien servi par tant de diligence ;
Tout succéde à mes vœux. Oui, cette Lettre, Albin,
Contient le sort de Rome, & celui de Tarquin.
Avez-vous dans le Camp reglé l'heure fatale ?
A-t-on bien observé la Porte Quirinale ?
L'assaut sera-t-il prêt, si par nos Conjurez
Les remparts cette nuit ne nous sont point livrés ?
Tarquin est-il content ? crois-tu qu'on l'introduise ?
Ou dans Rome sanglante, ou dans Rome soumise ?

A L B I N.

Tout sera prêt, Seigneur, au milieu de la nuit.
Tarquin de vos projets goûte déja le fruit ;

Il pense de vos mains tenir son Diadême;
Il vous doit, a-t-il dit, plus qu'à Porsenna même.

A R O N S.

Ou les Dieux, Ennemis d'un Prince malheureux,
Confondront des desseins si grands, si dignes d'eux;
Ou demain sous ses Loix Rome sera rangée;
Rome en cendre peut-être, & dans son sang plongée:
Mais il vaut mieux qu'un Roi sur le Trône remis,
Commande à des Sujets malheureux & soumis,
Que d'avoir à dompter au sein de l'abondance,
D'un Peuple trop heureux, l'indocile arrogance.

A Albin.

Allez, j'attens ici la Princesse en secret.

A Messala.

Messala, demeurez.

S C E N E II.

A R O N S, M E S S A L A.

A R O N S.

EH bien ? qu'avez-vous fait ?
Avez-vous de Titus fléchi le fier courage ?
Dans le parti des Rois penfez-vous qu'il s'engage ?

M E S S A L A.

J'avois trop préfumé ; l'inflexible Titus
Aime trop fa Patrie, & tient trop de Brutus.
Il fe plaint du Sénat, il brûle pour Tullie.
L'orgueil, l'ambition, l'amour, la jáloufie,
Le feu de fon jeune âge, & de fes paffions,
Sembloient ouvrir fon ame à mes féductions ;
Cependant qui l'eût cru ? la liberté l'emporte.
Son amour eft au comble, & Rome eft la plus forte.
J'ai tenté par degrés d'effacer cette horreur,
Que pour le nom de Roi Rome imprime en fon cœur.
En vain j'ai combattu ce préjugé févere ;
Le feul nom des Tarquins irritoit fa colere ;

De

De son entretien même il m'a soudain privé;
Et je hazardois trop si j'avois achevé.

A R O N S.

Ainsi de le fléchir Messala désespere.

M E S S A L A.

J'ai trouvé moins d'obstacle à vous donner son frere,
Et j'ai du moins séduit un des fils de Brutus.

A R O N S.

Quoi! vous auriez déja gagné Tiberinus?
Par quels ressorts secrets? par quelle heureuse intrigue?

M E S S A L A.

Son ambition seule a fait toute ma brigue.
Avec un œil jaloux il voit depuis long-temps,
De son frere & de lui, les honneurs différens.
Ces drapeaux suspendus à ces voûtes fatales,
Ces Festons de Lauriers, ces Pompes triomphales,
Tous les cœurs des Romains, & celui de Brutus,
Dans ces solemnitez volant devant Titus,
Sont pour lui des affronts qui dans son ame aigrie
Echauffent le poison de sa secrete envie.
Cependant que Titus sans haine & sans couroux,
Trop au-dessus de lui pour en être jaloux,

E 3

Lui

Lui tend encor la main de son Char de Victoire,
Et semble en l'embraffant l'accabler de fa gloire.
J'ai faifi ces momens, j'ai fû peindre à fes yeux
Dans une Cour brillante un rang plus glorieux;
J'ai preffé, j'ai promis, au nom de Tarquin même,
Tous les honneurs de Rome, après le rang fuprême;
Je l'ai vû s'éblouïr, je l'ai vû s'ébranler;
Il eft à vous, Seigneur, & cherche à vous parler.

A R O N S.

Pourra-t-il nous livrer la Porte Quirinale?

M E S S A L A.

Titus feul y commande, & fa vertu fatale
N'a que trop arrêté le cours de vos deftins;
C'eft un Dieu qui préfide au falut des Romains.
Gardez de hazarder cette attaque foudaine,
Sûre avec fon appui, fans lui trop incertaine.

A R O N S,

Mais fi du Confulat il a brigué l'honneur,
Pourroit-il dédaigner la fuprême grandeur
Du Trône avec Tullie un affûré partage?

M E S S A L A.

Le Trône eft un affront à fa vertu fauvage.

A R O N S.

A R O N S.

Mais il aime Tullie.

M E S S A L A.

Il l'adore, Seigneur;
Il l'aime d'autant plus qu'il combat son ardeur.
Il brûle pour la Fille, en détestant le Pere;
Il craint de lui parler, il gémit de se taire;
Il la cherche, il la fuit, il dévore ses pleurs;
Et de l'amour encor il n'a que les fureurs.
Dans l'agitation d'un si cruel orage,
Un moment quelquefois renverse un grand courage;
Je sai quel est Titus: ardent. impétueux;
S'il se rend, il ira plus loin que je ne veux.
La fiere ambition qu'il renferme dans l'ame,
Au flambeau de l'amour peut rallumer sa flâme.
Avec plaisir sans doute il verroit à ses pieds
Des Sénateurs tremblans les fronts humiliés;
Mais je vous tromperois, si j'osois vous promettre
Qu'à cet amour fatal il veuille se soumettre.
Je peux parler encor, & je vais aujourd'hui . . .

A R O N S.

Puisqu'il est amoureux, je compte encor sur lui.
Un regard de Tullie, un seul mot de sa bouche,

Peut plus pour amollir cette vertu farouche,
Que les fubtils détours, & tout l'art féducteur
D'un Chef des Conjurés, & d'un Ambaffadeur.
N'efpérons des humains rien que par leur foibleffe.
L'ambition de l'un, de l'autre la tendreffe,
Voilà les Conjurés qui ferviront mon Roi;
C'eft d'eux que j'attens tout; ils font plus forts que moi.

Tullie entre.   Meffala fe retire.

SCENE III.

TULLIE, ARONS, ALGINE,

A R O N S.

MAdame, en ce moment je reçois cette Lettre,
Qu'en vos auguftes mains mon ordre eft de remettre,
Et que jufqu'en la mienne a fait paffer Tarquin.

T U L L I E.

Dieux! protegez mon Pere, & changez fon deftin.

Elle lit:

„ Le Trône des Romains peut fortir de fa cendre,
„ Le Vainqueur de fon Roi peut en être l'appui.

„ Titus

,, Titus eſt un Héros ; c'eſt à luï de défendre

,, Un Sceptre que je veux partager avec lui.

,, Vous, ſongez que Tarquin vous a donné la vie,

,, Songez que mon deſtin va dépendre de vous.

,, Vous pourriez refuſer le Roi de Ligurie,

,, Si Titus vous eſt cher, il ſera votre Epoux.

Ai-je bien lû ... Titus ? ... Seigneur ... eſt-il poſſible ?

Tarquin dans ſes malheurs juſqu'alors inflexible,

Pourroit ? mais, d'où ſait-il ? ... & comment ? Ah

      Seigneur,

Ne veut-on qu'arracher les ſecrets de mon cœur ?

Epargnez les chagrins d'une triſte Princeſſe ?

Ne tendez point de piége à ma foible jeuneſſe.

A R O N S.

Non, Madame, à Tarquin je ne fais qu'obéir,

Ecouter mon devoir, me taire, & vous ſervir.

Il ne m'appartient point de chercher à comprendre

Des ſecrets qu'en mon ſein vous craignez de répandre.

Je ne veux point lever un œil préſomptueux

Vers le voile ſacré que vous jettez ſur eux ;

Mon devoir ſeulement m'ordonne de vous dire

Que le Ciel veut par vous relever cet Empire ;

Que ce Trône eſt un prix qu'il met à vos vertus.

T U L L I E.

Je fervirois mon Pere, & ferois à Titus !
Seigneur, il fe pourroit....

A R O N S.

N'en doutez point, Princeffe,
Pour le fang de fes Rois ce Héros s'intereffe.
De ces Républicains la trifte aufterité,
De fon cœur généreux révolte la fierté ;
Les refus du Sénat ont aigri fon courage,
Il penche vers fon Prince ; achevez cet ouvrage.
Je n'ai point dans fon cœur prétendu pénétrer ;
Mais, puisqu'il vous connoit, il vous doit adorer.
Quel œil, fans s'éblouïr, peut voir un Diadême,
Préfenté par vos mains, embelli par vous-même ?
Parlez-lui feulement, vous pourrez tout fur lui ;
De l'Ennemi des Rois triomphez aujourd'hui.
Arrachez au Sénat, rendez à votre Pere
Ce grand appui de Rome, & fon Dieu tutelaire,
Et méritez l'honneur d'avoir entre vos mains
Et la caufe d'un Pere, & le fort des Romains.

SCENE

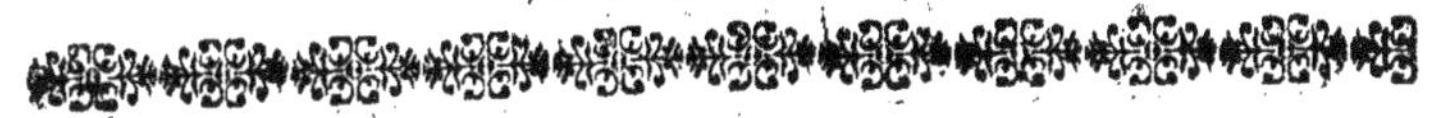

SCENE IV.

TULLIE, ALGINE.

TULLIE.

CIel! que je dois d'encens à ta bonté propice!
Mes pleurs t'ont défarmé, tout change; & ta juſtice
Aux feux dont j'ai rougi rendant leur pureté,
En les recompenſant, les met en liberté.

A Algine.

Va le chercher, va, cours; Dieux! il m'évite encore:
Faut-il qu'il ſoit heureux, hélas! & qu'il l'ignore?
Mais… n'écoutai-je point un eſpoir trop flatteur?
Titus, pour le Sénat, a-t-il donc tant d'horreur?
Que dis-je! hélas! devrois-je au dépit qui le preſſe
Ce que j'aurois voulu devoir à ſa tendreſſe?

ALGINE.

Je ſai que le Sénat alluma ſon courroux,
Qu'il eſt ambitieux, & qu'il brûle pour vous.

T U L-

T U L L I E.

Il fera tout pour moi, n'en doute point, il m'aime,
Va, dis je . . .

Algine fort.

Cependant ce changement extrême...
Ce Billet !.. De quels foins mon cœur eft combattu ?
Eclatez, mon amour, ainfi que ma vertu ;
La gloire, la raifon, le devoir, tout l'ordonne,
Quoi ! mon Pere à mes feux va devoir fa Couronne !
De Titus & de lui je ferois le lien !
Le bonheur de l'Etat va donc naître du mien ?
Toi que je peux aimer, quand pourrai-je t'apprendre
Ce changement du fort où nous n'ofions prétendre ?
Quand pourrai-je, Titus, dans mes juftes tranfports,
T'entendre fans regrets, te parler fans remords ?
Tous mes maux font finis, Rome, je te pardonne ;
Rome, tu vas fervir fi Titus t'abandonne ;
Sénat, tu vas tomber fi Titus eft à moi ;
Ton Héros m'aime ; tremble, & reconnois ton Roi.

SCENE

SCENE V.

TITUS, TULLIE.

TITUS.

MAdame, est-il bien vrai? daignez-vous voir encore

Cet odieux Romain, que votre cœur abhorre,

Si justement haï, si coupable envers vous ;

Cet Ennemi !

TULLIE.

Seigneur, tout est changé pour nous.

Le destin me permet... Titus ... il faut me dire

Si j'avois sur votre ame un véritable empire.

TITUS.

Eh! pouvez-vous douter de ce fatal pouvoir,

De mes feux, de mon crime, & de mon désespo

Vous ne l'avez que trop cet empire funeste :

L'amour vous a soumis mes jours que je déteste,

Commandez, épuisez votre juste courroux,

Mon sort est en vos mains.

TUL-

T U L L I E.

Le mien dépend de vous.

T I T U S.

De moi! mon cœur tremblant ne vous en croit qu’à
　　peine;
Moi! je ne ferois plus l’objet de votre haine!
Ah! Princeffe, achevez; quel efpoir enchanteur
M’éleve en un moment au faîte du bonheur?

T U L L I E.

En donnant la Lettre.

Lifez, rendez heureux, vous, Tullie, & mon Pere.
　　Tandis qu’il lit :
Je puis donc me flatter… mais quel regard févere?
D’où vient ce morne accueil, & ce front confterné?
Dieux . . .

T I T U S.

Je fuis des Mortels le plus infortuné;
Le fort, dont la rigueur à m’accabler s’attache,
M’a montré mon bonheur, & foudain me l’arrache;
Et pour combler les maux que mon cœur a foufferts,
Je puis vous pofféder, vous adore, & vous perds.

T U L-

TULLIE.

Vous, Titus?

TITUS.

Ce moment a condamné ma vie
Au comble des horreurs, ou de l'ignominie,
A trahir Rome ou vous; & je n'ai deſormais
Que le choix des malheurs, ou celui des forfaits.

TULLIE.

Que dis-tu? quand ma main te donne un Diadême,
Quand tu peux m'obtenir, quand tu vois que je t'aime;
Je ne m'en cache plus, un trop juſte pouvoir,
Autoriſant mes vœux, m'en a fait un devoir.
Hélas! j'ai cru ce jour le plus beau de ma vie;
Et le premier moment où mon ame ravie
Peut de ſes ſentimens s'expliquer ſans rougir,
Ingrat! eſt le moment qu'il m'en faut repentir.
Que m'oſes-tu parler de malheur, & de crime?
Ah! ſervir des ingrats contre un Roi légitime,
M'opprimer, me chérir, déteſter mes bienfaits,
Ce ſont-là tes malheurs, & voilà tes forfaits.
Ouvre les yeux, Titus, & mets dans la balance
Les refus du Sénat, & la toute-puiſſance,

Choi-

Choisi de recevoir, ou de donner la Loi,
D'un vil Peuple ou d'un Trône, & de Rome, ou
       de moi ;
Inspirez-lui, grands Dieux! le parti qu'il doit prendre.

TITUS, *en lui rendant la Lettre.*

Mon choix est fait.

TULLIE.

       Eh bien ? crains-tu de me l'apprendre ?
Parle, ose mériter ta grace ou mon courroux.
Quel sera ton destin ? . . . .

TITUS.

       D'être digne de vous ;
Digne encor de moi-même, à Rome encor fidelle,
Brûlant d'amour pour vous, de combattre pour elle ;
D'adorer vos vertus, mais de les imiter ;
De vous perdre, Madame, & de vous mériter.

TULLIE.

Ainsi donc pour jamais . . . .

TITUS.

       Ah ! pardonnez, Princesse,
Oubliez ma fureur, épargnez ma foiblesse ?

Ayez

Ayez pitié d'un cœur de foi-même ennemi,
Moins malheureux cent fois quand vous l'avez haï.
Pardonnez, je ne puis vous quitter, ni vous suivre,
Ni pour vous, ni fans vous, Titus ne fauroit vivre;
Et je mourrai plutôt qu'un autre ait votre foi.

TULLIE.

Je te pardonne tout, elle est encor à toi.

TITUS.

Eh bien ! fi vous m'aimez, ayez l'ame Romaine;
Aimez ma Republique, & foyez plus que Reine;
Apportez-moi pour dot, au lieu du rang des Rois,
L'amour de mon Païs, & l'amour de mes Loix.
Acceptez aujourd'hui Rome pour votre Mere,
Son Vangeur pour Epoux, Brutus pour votre Pere;
Que les Romains vaincus en generofité,
A la fille des Rois doivent leur liberté ...

TULLIE.

Qui, moi j'irois trahir? . . .

TITUS.

       Mon defefpcir m'égare;
Non, toute trahifon eft indigne & barbare,

F

Je

Je fai ce qu’eft un Pere, & fes droits abfolus;
Je fai... que je vous aime... & ne me connois plus.

TULLIE.

Ecoute au moins ce fang qui m’a donné la vie.

TITUS.

Eh dois-je écouter moins mon fang & ma Patrie?

TULLIE.

L’amour doit donc fe taire, & fans plus m’avilir,
Pour un Ingrat. . . .

SCE.

SCENE VI.

BRUTUS, ARONS, TITUS, TULLIE, MESSALA, ALBIN, PROCULUS, *Licteurs.*

BRUTUS *à Tullie.*

Madame, il est tems de partir ;
Dans les prémiers éclats des tempêtes publiques,
Rome n'a pû vous rendre à vos Dieux domestiques;
Tarquin même en ce temps , prompt à vous oublier,
Et du soin de nous perdre occupé tout entier,
Dans nos calamités confondant sa Famille,
N'a pas même aux Romains redemandé sa Fille.
Souffrez que je rappelle un triste souvenir :
Je vous privai d'un Pere , & dûs vous en servir ;
Allez, & que du Trône, où le Ciel vous appelle, ,
L'inflexible équité soit la garde éternelle.
Pour qu'on vous obéisse, obéissez aux Loix,
Tremblez en contemplant tout le devoir des Rois ;
Et si de vos flatteurs la funeste malice
Jamais dans votre cœur ébranloit la justice,

F 2

Prête

Prête alors d'abuſer du pouvoir ſouverain,
Souvenez-vous de Rome, & ſongez à Tarquin;
Et que ce grand exemple où mon eſpoir ſe fonde
Soit la Leçon des Rois, & le bonheur du Monde.

à Arons.

Le Sénat vous la rend, Seigneur, & c'eſt à vous
De la remettre aux mains d'un Pere, & d'un Epoux,
Proculus va vous ſuivre à la Porte ſacrée.

T I T U S, éloigné.

O de ma paſſion fureur déſeſperée!

Il va vers Arons.

Je ne ſouffrirai point, non … permettez, Seigneur,

Brutus & Tullie ſortent avec leur Suite.
Arons & Meſſala reſtent.

Dieux! ne mourrai-je point de honte, & de douleur?

A Arons.

. . . . . Pourrois-je vous parler?

A R O N S.

Seigneur, le temps me preſſe;
Il me faut ſuivre ici Brutus & la Princeſſe;
Je puis d'une heure encor retarder ſon départ;

Crai-

Craignez, Seigneur, craignez de me parler trop tard.
Dans son Apartement nous pouvons l'un & l'autre
Parler de ses destins, & peut-être du vôtre.

Il sort.

SCENE VII.

TITUS, MESSALA.

TITUS.

SOrt qui nous as rejoints, & qui nous désunis;
Sort, ne nous as-tu faits que pour être ennemis?
Ah! cache, si tu peux, ta fureur & tes larmes.

MESSALA.

Je plains tant de vertus, tant d'amour & de charmes;
Un cœur tel que le sien méritoit d'être à vous.

TITUS.

Non, c'en est fait, Titus n'en sera point l'époux.

MESSALA.

Pourquoi? quel vain scrupule à vos desirs s'oppose?

 TITUS.

T I T U S.

Abominables Loix! que la cruelle impose;

Tyrans que j'ai vaincus, je pourrois vous servir!

Peuples que j'ai sauvez, je pourrois vous trahir!

L'amour, dont j'ai six mois vaincu la violence,

L'amour auroit sur moi cette affreuse puissance!

J'exposerois mon Pere à ses Tyrans cruels?

Et quel Pere? un Héros, l'Exemple des Mortels,

L'appui de son Païs, qui m'instruisit à l'être,

Que j'imitai, qu'un jour j'eusse égalé peut-être.

Après tant de vertus, quel horrible destin?

M E S S A L A.

Vous eutes les vertus d'un Citoyen Romain;

Il ne tiendra qu'à vous d'avoir celles d'un Maître.

Seigneur, vous serez Roi, dès que vous voudrez l'être,

Le Ciel met dans vos mains en ce moment heureux

La vangeance, l'empire, & l'objet de vos feux.

Que dis-je? ce Consul, ce Héros, que l'on nomme

Le Pere, le Soutien, le Fondateur de Rome,

Qui s'enivre à nos yeux de l'Encens des Humains

Sur les débris d'un Trône écrasé par vos mains,

S'il eût mal soutenu cette grande querelle,

S'il n'eût vaincu par vous, il n'étoit qu'un Rebelle.

Seigneur

Seigneur, embelliſſez ce grand nom de Vainqueur
Du nom plus glorieux, de Pacificateur;
Daignez nous ramener ces jours, où nos Ancêtres
Heureux, mais gouvernés, libres, mais ſous des
      Maîtres,
Peſoient dans la Balance, avec un même poids,
Les intérêts du Peuple, & la grandeur des Rois;
Rome n'a point pour eux une haine immortelle;
Rome va les aimer, ſi vous regnez ſur elle;
Ce pouvoir ſouverain, que j'ai vû tour à tour
Attirer de ce Peuple & la haine & l'amour,
Qu'on craint en des Etats, & qu'ailleurs on déſire,
Eſt des Gouvernemens le meilleur ou le pire,
Affreux ſous un Tyran, divin ſous un bon Roi.

TITUS.

Meſſala, ſongez-vous que vous parlez à moi,
Que deſormais en vous je ne vois plus qu'un traître,
Et qu'en vous épargnant je commence de l'être?

MESSALA.

Eh bien, apprenez donc, que l'on vous va ravir
L'ineſtimable honneur, dont vous n'oſez jouïr;
Qu'un autre accomplira ce que vous pouviez faire.

F 4   TITUS.

T I T U S.

Un autre! arrête; Dieux! parle… qui?

M E S S A L A.

Votre Frere,

T I T U S.

Mon Frere?

M E S S A L A.

A Tarquin même il a donné sa foi.

T I T U S.

Mon Frere trahit Rome?

M E S S A L A.

Il sert Rome & son Roi.

Et Tarquin, malgré vous n'acceptera pour Gendre
Que celui des Romains qui l'aura pû défendre.

T I T U S.

Ciel! perfide!…écoutez: mon cœur long-temps séduit
A méconnu l'abyme où vous m'avez conduit.
Vous pensez me réduire au malheur nécessaire
D'être ou le Délateur, ou Complice d'un Frere;
Mais plûtôt votre sang…

M E S-

MESSALA.

Vous pouvez m'en punir ;
Frappez, je le mérite, en voulant vous fervir.
Du fang de votre ami que cette main fumante
Y joigne encor le fang d'un Frere, & d'une Amante ;
Et, leur tête à la main, demandez au Sénat
Pour prix de vos vertus l'honneur du Confulat,
Où moi-même à l'inftant déclarant les Complices,
Je m'en vais commencer ces affreux facrifices.

TITUS.

Demeure, malheureux, ou crains mon défefpoir.

SCENE VIII.

TITUS, MESSALA, ALBIN.

ALBIN.

L'Ambaffadeur Tofcan peut maintenant vous voir,
Il eft chez la Princeffe.

TITUS.

. . . Oui, je vais chez Tullie. . . .

J'y

J'y cours. O Dieux de Rome! O Dieux de ma Patrie!
Frappez, percez ce cœur, de fa honte allarmé,
Qui feroit vertueux, s'il n'avoit point aimé.
C'eft donc à vous, Sénat! que tant d'amour s'immole?
A vous, Ingrats! . . . allons. , .

à Meſſala.

Tu vois ce Capitole
Tout plein des monumens de ma fidélité.

M E S S A L A.

Songez qu'il eft rempli d'un Sénat détefté.

T I T U S.

Je le fai. Mais... du Ciel qui tonne fur ma tête
J'entends la voix qui crie: arrête, Ingrat, arrête,
Tu trahis ton Païs... non, Rome! non, Brutus!
Dieux qui me fecourez! je fuis encor Titus;
La gloire a de mes jours accompagné la courfe;
Je n'ai point de mon fang deshonoré la fource;
Votre victime eft pure, & s'il faut qu'aujourd'hui
Titus foit aux forfaits entraîné malgré lui,
S'il faut que je fuccombe au Deftin qui m'opprime,
Dieux! fauvez les Romains, frappez avant le crime.

Fin du troiſiéme Acte.

ACTE

ACTE QUATRIEME.
SCENE I.
TITUS, ARONS, MESSALA.

TITUS.

OUI, j'y suis résolu, partez, c'est trop attendre.
Honteux, desesperé, je ne veux rien entendre,
Laissez-moi ma vertu, laissez-moi mes malheurs.
Fort contre vos raisons, foible contre ses pleurs,
Je ne la verrai plus. Ma fermeté trahie
Craint moins tous vos tyrans qu'un regard de Tullie.
Je ne la verrai plus; oui qu'elle parte…ah Dieux!

ARONS.

Pour vos interêts seuls arrêté dans ces lieux,
J'ai bientôt passé l'heure avec peine accordée,
Que vous-même, Seigneur, vous m'aviez demandée.

TITUS.

Moi que j'ai demandée?

ARONS.

   Helas que pour vous deux
J'attendois un destin plus digne & plus heureux!
J'esperois couronner des ardeurs si parfaites.
Il n'y faut plus penser.

TITUS.

   Ah! cruel, que vous êtes!
Vous avez vu ma honte, & mon abaissement,
F 6

Vous

Vous avez vu Titus balancer un moment.
Allez, adroit temoin de mes lâches tendreffes,
Allez à vos deux Rois annoncer mes foibleffes.
Contez à ces tyrans terraflez par mes coups,
Que le fils de Brutus a pleuré devant vous.
Mais ajoutez au moins que parmi tant de larmes,
Malgré vous, & Tullie & fes pleurs & fes charmes,
Vainqueur encor de moi, libre, & toujours Romain,
Je ne fuis point foumis par le fang de Tarquin,
Que rien ne me furmonte ; & que je jure encore
Une guerre éternelle à ce fang que j'adore.

A R O N S.

J'excufe la douleur, où vos fens font plongez ;
Je refpecte en partant vos triftes préjugez.
Loin de vous accabler, avec vous je foupire.
Elle en mourra, c'eft tout ce que je peux vous dire.
Adieu, Seigneur.

M E S S A L A.

O Ciel !

SCENE II.

TITUS, MESSALA.

TITUS.

NOn, je ne puis fouffrir
Que des remparts de Rome on la laiffe fortir.
Je veux la retenir au peril de ma vie.

MES-

MESSALA.

Vous voulez…

TITUS.

Je fuis loin de trahir ma patrie.
Rome l'emportera, je le fai; mais enfin
Je ne puis feparer Tullie & mon deftin.
Je refpire, je vis, je perirai pour elle.
Prens pitié de mes maux, courons, & que ton zèle
Souleve nos amis, raffemble nos foldats.
En depit du Senat je retiendrai fes pas.
Je pretends que dans Rome elle refte en ôtage.
Je le veux.

MESSALA.

Dans quels foins votre amour vous engage,
Et que pretendez-vous par ce coup dangereux,
Que d'avouer fans fruit un amour malheureux ?

TITUS.

Eh bien, c'eft au Senat qu'il faut que je m'adreffe,
Va de ces Rois de Rome adoucir la rudeffe,
Dis-leur que l'interêt de l'Etat, de Brutus…
Helas que je m'emporte en deffeins fuperflus!

MESSALA.

Dans la jufte douleur où votre ame eft en proie,
Il faut pour vous fervir…

TITUS.

Il faut que je la voie,
Il faut que je lui parle. Elle paffe en ces lieux,
Elle entendra du moins mes éternels adieux.

MESSALA.

Parlez-lui, croiez-moi.

TITUS.

Je fuis perdu, c'eft elle.

S C E N E III.

T I T U S, M E S S A L A, T U L L I E, A L G I N E.

A L G I N E.

ON vous attend, Madame.

T U L L I E.

Ah Sentence cruelle !
L'ingrat me touche encor, & Brutus à mes yeux
Paroît un Dieu terrible armé contre nous deux.
J'aime, je crains, je pleure, & tout mon cœur s'égare,
Allons. . .

T I T U S.

Non, demeurez. Daignez du moins.

T U L L I E.

Barbare!
Veux-tu par tes difcours. . .

T I T U S.

Ah ! dans ce jour affreux,
Je fai ce que je dois, & non ce que je veux ;
Je n'ai plus de raifon, vous me l'avez ravie.
Eh bien, guidez mes pas, gouvernez ma furie ;
Regnez donc en Tyran fur mes fens éperdus ;
Dictez, fi vous l'ofez, les crimes de Titus.
Non, plutôt que je livre aux flammes, au carnage,
Ces murs, ces Citoyens, qu'a fauvés mon courage,
Qu'un Pere, abandonné par un fils furieux,
Sous le Fer de Tarquin. . .

TUL-

TULLIE.

M'en préfervent les Dieux ;
La Nature te parle, & fa voix m'eft trop chere ;
Tu m'as trop bien apris à trembler pour un Pere ;
Raffure-toi, Brutus eft déformais le mien ;
Tout mon fang eft à toi, qui te répond du fien :
Notre amour, mon hymen, mes jours en font le gage ;
Je ferai dans tes mains, fa fille, fon ôtage ;
Peux-tu délibérer ? penfes-tu qu'en fecret
Brutus te vît au Trône avec tant de regret ;
Il n'a point fur fon front placé le Diadême ;
Mais, fous un autre nom, n'eft-il pas Roi lui-même ?
Son regne eft d'une année, & bien-tôt...mais hélas !
Que de foibles raifons ! fi tu ne m'aimes pas.
Je ne dis plus qu'un mot. Je pars... & je t'adore.
Tu pleures, tu frémis, il en eft temps encore ;
Acheve, parle, Ingrat, que te faut-il de plus ?

TITUS.

Votre haine ; elle manque au malheur de Titus.

TULLIE.

Ah ! c'eft trop effuyer tes indignes murmures,
Tes vains engagemens, tes plaintes, tes injures ;
Je te rends ton amour ; dont le mien eft confus ;

Et

Et tes trompeurs fermens, pires que tes refus.

Je n'irai point chercher au fond de l'Italie

Ces fatales grandeurs que je te facrifie,

Et pleurer, loin de Rome, entre les bras d'un Roi,

Cet amour malheureux que j'ai fenti pour toi.

J'ai reglé mon deftin. Romain, dont la rudeffe

N'affecte de vertu que contre ta Maîtreffe,

Heros pour m'accabler, timide à me fervir,

Incertain dans tes vœux, apprens à les remplir:

Tu verras qu'une femme à tes yeux méprifable,

Dans fes projets au moins étoit inébranlable;

Et par la fermeté dont ce cœur eft armé,

Titus, tu connoîtras comme il t'auroit aimé.

Au pied de ces murs même où regnoient mes Ancêtres,

De ces murs que ta main défend contre leurs Maîtres,

Où tu m'ofes trahir, & m'outrager comme eux,

Où ma foi fut féduite, où tu trompas mes feux;

Je jure à tous les Dieux, qui vangent les parjures,

Que mon bras dans mon fang effaçant mes injures,

Plus jufte que le tien, mais moins irréfolu,

Ingrat, va me punir de t'avoir mal-connu;

Et je vais; . . .

T I T U S l'arrêtant.

Non, Madame, il faut vous fatisfaire;

Je

Je le veux, j'en frémis, & j'y cours pour vous plaire.

D'autant plus malheureux, que dans ma paffion

Mon cœur n'a pour excufe aucune illufion,

Que je ne goûte point dans mon défordre extrême

Le trifte & vain plaifir de me tromper moi-même,

Que l'amour aux forfaits me force de voler,

Que vous m'avez vaincu fans pouvoir m'aveugler,

Et qu'encor indigné de l'ardeur qui m'anime,

Je chéris la vertu, mais j'embraffe le crime.

Haïffez-moi, fuyez, quittez un malheureux,

Qui meurt d'amour pour vous, & détefte fes feux;

Qui va s'unir à vous fous ces affreux augures,

Parmi les attentats, le meurtre, & les parjures.

TULLIE.

Vous infultez, Titus, à ma funefte ardeur;

Vous fentez à quel point vous regnez dans mon cœur;

Oui, je vis pour toi feul, oui, je te le confeffe;

Mais malgré ton amour, mais malgré ma foibleffe,

Apprens que le trépas m'infpire moins d'effroi

Que la main d'un Epoux, qui frémit d'être à moi,

Qui fe repentiroit d'avoir fervi fon Maître,

Que je fais Souverain, & qui rougit de l'être.

Voici l'inftant affreux qui va nous éloigner;

Sou-

Souviens-toi que je t'aime, & que tu peux regner ;
L'Ambaſſadeur m'attend ; conſulte, délibere,
Dans une heure avec moi tu reverras mon Pere ;
Je pars, & je reviens ſous ces murs odieux,
Pour y rentrer en Reine, ou périr à tes yeux.

T I T U S.

Vous ne périrez point. Je veux…

T U L L I E.

Titus, arrête ;
En me ſuivant plus loin, tu hazardes ta tête ;
On peut te ſoupçonner : demeure, adieu, réſous,
D'être mon parricide, ou d'être mon époux.

S C E N E III.
T I T U S *ſeul.*

Tu l'emportes, cruelle, & Rome eſt aſſervie ;
Reviens regner ſur elle, ainſi que ſur ma vie ;
Reviens, je vais me perdre, ou vais te couronner ;
Le plus grand des forfaits eſt de t'abandonner.
Qu'on cherche Meſſala ; ma fougueuſe imprudence
A de ſon amitié laſſé la patience ;
Maitreſſe, Amis, Romains, je perds tout en un jour.

SCENE

SCENE IV.

TITUS, MESSALA.

TITUS.

SErs ma fureur enfin , fers mon fatal amour ;
Viens , fuis-moi.

MESSALA.

Commandez, tout eſt prêt ; mes cohortes
Sont au Mont Quirinal , & livreront les Portes ;
Tous nos braves amis vont jurer avec moi ,
De reconnoître en vous l'héritier de leur Roi ;
Ne perdez point de temps ; déja la nuit plus ſombre ,
Propice à vos deſſeins , les cache dans ſon ombre.

TITUS.

L'heure approche. Tullie en compte les momens …
Et Tarquin , après tout, eut mes premiers ſermens.
Le ſort en eſt jetté.

Le fond du Theâtre s'ouvre ..

Que voi-je ! c'eſt mon Pere.

S C E N E V.

B R U T U S, T I T U S, M E S S A L A, L I C T E U R S.

B R U T U S.

Viens, Rome eſt en danger; c’eſt en toi que j’eſ-
    pere.

Par un avis ſecret le Sénat eſt inſtruit

Qu’on doit attaquer Rome au milieu de la nuit;

J’ai brigué pour mon ſang, pour le Héros que j’aime,

L’honneur de commander dans ce péril extrême;

Le Sénat te l’accorde, arme-toi, mon cher fils,

Une ſeconde fois va ſauver ton Païs;

Pour notre liberté va prodiguer ta vie;

Va, mort ou triomphant, tu feras mon envie.

T I T U S.

Ciel…

B R U T U S.

Mon fils…

T I-

TITUS.

Remettez, Seigneur, en d'autres mains
Les faveurs du Sénat, & le fort des Romains.

MESSALA.

Ah quel défordre affreux de fon ame s'empare !

BRUTUS.

Vous pourriez refufer l'honneur qu'on vous prépare ?

TITUS.

Qui ? moi, Seigneur ?

BRUTUS.

Eh quoi ? votre cœur égaré
Des refus du Sénat eft encore ulceré ?
De vos prétentions je voi les injuftices.
Ah mon fils, eft-il tems d'écouter vos caprices ?
Vous avez fauvé Rome, & n'êtes pas heureux ?
Cet immortel honneur n'a pas comblé vos vœux ?
Mon fils au Confulat a t il ofé prétendre,
Avant l'âge où les Loix permettent de l'attendre ?
Va, ceffe de briguer une injufte faveur ;
La Place où je t'envoye eft ton pofte d'honneur.
Va, ce n'eft qu'aux Tyrans que tu dois ta colere ;
De l'Etat & de toi je fens que je fuis Pere.

G 3

Donne

Donne ton fang à Rome, & n'en exige rien ;
Sois toujours un Héros, fois plus, fois Citoyen.
Je touche, mon cher Fils, au bout de ma carriere,
Tes triomphantes mains vont fermer ma paupiere ;
Mais foutenu du tien, mon nom ne mourra plus ;
Je renaîtrai pour Rome, & vivrai dans Titus.
Que dis-je ? je te fuis.   Dans mon âge débile
Les Dieux ne m'ont donné qu'un courage inutile ;
Mais je te verrai vaincre, ou mourrai comme toi,
Vangeur du nom Romain, libre encor, & fans Roi.

T I T U S.

Ah ! Meffala.

S C E N E VI.

**B R U T U S, V A L E R I U S, T I T U S,
M E S S A L A.**

V A L E R I U S.

SEigneur, faites qu'on fe retire ;

B R U T U S *à fon Fils.*

Cours, vole . . .

Titus

Titus & Meſſala ſortent.

VALERIUS.

On trahit Rome.

BRUTUS.

Ah qu'entens-je !

VALERIUS.

On conſpire.

Je n'en ſaurois douter ; on nous trahit, Seigneur.
De cet affreux complot j'ignore encor l'auteur ;
Mais le nom de Tarquin vient de ſe faire entendre,
Et d'indignes Romains ont parlé de ſe rendre.

BRUTUS.

Des Citoyens Romains ont demandé des fers !

VALERIUS.

Les perfides m'ont fuï par des chemins divers ;
On les ſuit. Je ſoupçonne, & Ménas, & Lélie,
Ces Partiſans des Rois, & de la Tyrannie ;
Ces ſecrets Ennemis du bonheur de l'Etat,
Ardents à déſunir le Peuple, & le Sénat.
Meſſala les protege ; & dans ce trouble extrême
J'oſerois ſoupçonner juſqu'à Meſſala même,
Sans l'étroite amitié dont l'honore Titus.

G 4

BRU-

BRUTUS.

Obſervons tous leurs pas, je ne puis rien de plus ;
La Liberté, la Loi, dont nous ſommes les Peres,
Nous défend des rigueurs, peut-être néceſſaires.
Arrêter un Romain ſur de ſimples ſoupçons,
C'eſt agir en Tyrans, nous qui les puniſſons.
Allons parler au Peuple, enhardir les timides,
Encourager les bons, étonner les perfides ;
Que les Peres de Rome, & de la Liberté,
Viennent rendre aux Romains leur intrépidité ;
Quels cœurs en nous voyant ne reprendront courage ?
Dieux ! donnez-nous la mort plûtôt que l'eſclavage.
Que le Sénat nous ſuive.

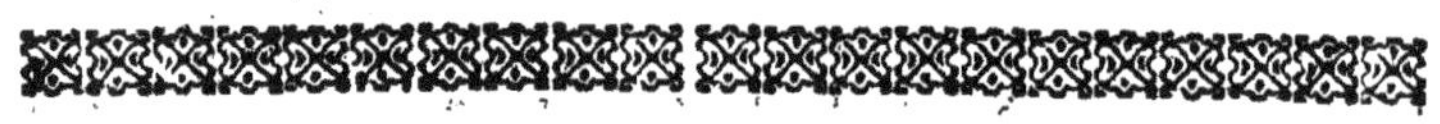

SCENE VII.

BRUTUS, VALERIUS, PROCULUS.

PROCULUS.

Un Eſclave, Seigneur,
D'un entretien ſecret implore la faveur.

BRU-

BRUTUS.

Dans la nuit ? à cette heure ?

PROCULUS.

Oui, d'un avis fidelle,
Il apporte, dit-il, la preſſante nouvelle.

BRUTUS.

Peut-être des Romains le ſalut en dépend.
Allons, c'eſt les trahir que tarder un moment,

A Proculus.

Vous, allez vers mon Fils ; qu'à cette heure fatale
Il défende ſur tout la Porte Quirinale ;
Et que la Terre avouë, au bruit de ſes exploits ;
Que le ſort de mon ſang eſt dé vaincre les Rois.

Fin du quatriéme Acte.

                ACTE

ACTE CINQUIEME.

SCENE I.

BRUTUS, Les SENATEURS, PROCU-
LUS, LICTEURS, L'Esclave VIN-
DEX.

BRUTUS.

OUi, Rome n'étoit plus ; oui, sous la Tyrannie
L'auguste liberté tomboit anéantie.

Vos tombeaux se rouvroient ; c'en étoit fait ; Tarquin

Rentroit dès cette nuit, la vangeance à la main.

C'est cet Ambassadeur, c'est lui dont l'artifice

Sous les pas des Romains creusoit ce précipice.

Enfin, le croirez-vous ? Rome avoit des Enfans

Qui conspiroient contre elle, & servoient les Tyrans.

Messala conduisoit leur aveugle furie :

A ce perfide Arons il vendoit sa Patrie.

Mais le Ciel a veillé sur Rome & sur vos jours.

Cet Esclave a d'Arons écouté les Discours,

En

En montrant l'Efclave.

Il a prévû le crime; & fon avis fidèle
A réveillé ma crainte, a ranimé mon zèle.
Meffala, par mon ordre arrêté cette nuit,
Devant vous à l'inftant alloit être conduit;
J'attendois que du moins l'appareil des fupplices
De fa bouche infidèle arrachât fes Complices;
Mes Licteurs l'entouroient; quand Meffala foudain,
Saififfant un poignard qu'il cachoit dans fon fein,
Et qu'à vous, Sénateurs, il deftinoit peut-être:
Mes fecrets, a-t-il dit, que l'on cherche à connoître,
C'eft dans ce cœur fanglant qu'il faut les découvrir;
Et qui fait confpirer, fait fe taire, & mourir.
On s'écrie, on s'avance, il fe frappe: & le traître
Meurt encore en Romain, quoiqu'indigne de l'être.
Déja des murs de Rome Arons étoit parti,
Affez loin vers le camp nos Gardes l'ont fuivi;
On arrête à l'inftant Arons avec Tullie.
Bien-tôt, n'en doutez point, de ce complot impie,
Le Ciel va découvrir toutes les profondeurs;
Publicola partout en cherche les Auteurs.
Mais quand nous connoîtrons le nom des Parricides,
Prenez garde, Romains; point de grace aux Perfides:
Fuffent-ils nos Amis, nos Freres, nos Enfans,

Ne

Ne voyez que leur crime, & gardez vos Sermens.
Rome, la Liberté, demandent leur fupplice ;
Et qui pardonne au crime, en devient le Complice.

A l'Efclave.

Et toi, dont la naiffance & l'aveugle deftin
N'avoit fait qu'un Efclave, & dû faire un Romain,
Par qui le Sénat vit, par qui Rome eft fauvée,
Reçois la Liberté que tu m'as confervée,
Et, prenant déformais des fentimens plus grands,
Sois l'égal de mes Fils, & l'effroi des Tyrans.
Mais qu'eft-ce que j'entens? quelle rumeur foudaine?

P R O C U L U S.

Arons eft arrêté, Seigneur, & je l'amene.

B R U T U S.

De quel front pourra-t-il ?...

SCENE II.

BRUTUS, Les SENATEURS, ARONS,
LICTEURS.

ARONS.

JUsques-à-quand, Romains,
Voulez-vous profaner tous les Droits des Humains ?
D'un Peuple révolté Conseils vraiment siniſtres !
Penſez-vous abaiſſer les Rois dans leurs Miniſtres ?
Vos Liċteurs inſolens viennent de m'arrêter ;
Eſt-ce mon Maître ou moi que l'on veut inſulter ?
Et chez les Nations ce rang inviolable...

BRUTUS.

Plus ton Rang eſt ſacré, plus il te rend coupable ;
Ceſſe ici d'atteſter des Titres ſuperflus.

ARONS.

L'Ambaſſadeur d'un Roi...

BRUTUS.

Traître, tu ne l'ès plus ;
Tu

Tu n'ès qu'un Conjuré, paré d'un nom fublime,
Que l'impunité feule enhardiſſoit au crime.
Les vrais Ambaſſadeurs, Interprêtes des Lóix,
Sans les deshonorer, favent fervir leurs Rois,
De la Foi des Humains diſcrets Dépofitaires,
La Paix feule eſt le fruit de leurs faints Miniſteres ;
Des Souverains du Monde ils font les Nœuds facrés,
Et par tout bienfaifans, font par tout révérés.
A ces traits, fi tu peux, ofe te reconnoître ;
Mais fi tu veux au moins rendre compte à ton Maître,
Des Reſſorts, des Vertus, des Loix de cet Etat ;
Comprens l'efprit de Rome, & connois le Sénat :
Ce Peuple auguſte & faint fait refpecter encore
Les Loix des Nations que ta main deshonore ;
Plus tu les méconnois, plus nous les protegeons ;
Et le feul châtiment qu'ici nous t'impofons,
C'eſt de voir expirer les Citoyens perfides,
Que lioient avec toi leurs Complots parricides,
Tout couvert de leur fang répandu devant toi,
Va d'un crime inutile entretenir ton Roi,
Et montre en ta perfonne aux Peuples d'Italie
La fainteté de Rome, & ton ignominie.
Qu'on l'emmene, Licteurs.

SCENE

SCENE III.

Les SENATEURS, BRUTUS, VALE-
RIUS, PROCULUS.

BRUTUS.

EH bien, Valerius,
Ils font faifis fans doute, ils font au moins connus?
Quel fombre & noir chagrin, couvrant votre vifage,
De maux encor plus grands femble être le préfage?
Vous frémiffez.

VALERIUS.

Songez que vous êtes Brutus.

BRUTUS.

Expliquez-vous....

VALERIUS.

Je tremble à vous en dire plus,

Il lui donne des Tablettes.

Voyez, Seigneur, lifez; connoiffez les coupables.

BRU-

BRUTUS *prenant les Tablettes.*

Me trompez-vous, mes yeux? O jours abominables!
O Pere infortuné! Tiberinus, mon fils!
Sénateurs, pardonnez... le perfide eſt-il pris?

VALERIUS.

Avec deux Conjurés il s'eſt oſé defendre;
Ils ont choiſi la mort plûtôt que de ſe rendre;
Percé de coups, Seigneur, il eſt tombé près d'eux,
Mais il reſte à vous dire un malheur plus affreux,
Pour vous, pour Rome entiere, & pour moi plus
 ſenſible.

BRUTUS.

Qu'entens-je?

VALERIUS

   Reprenez cette Liſte terrible,
Que chez Meſſala même a ſaiſi Proculus.

BRUTUS

Liſons donc... je frémis, je tremble, Ciel! Titus!

Il ſe laiſſe tomber entre les bras de Proculus.

VALERIUS

Aſſez près de ces lieux je l'ai trouvé ſans armes,
      Errant,

Errant, défefperé, plein d'horreur & d'allarmes;
Peut-être il déteftoit cet horrible attentat.

BRUTUS.

Allez, Peres confcrits, retournez au Sénat;
Il ne m'appartient plus d'ofer y prendre place;
Allez, exterminez ma criminelle race;
Puniffez-en le Pere, & jufque dans mon flanc,
Recherchez fans pitié la fource de leur fang;
Je ne vous fuivrai point, de peur que ma préfence
Ne fufpendît de Rome, ou fléchît la vangeance.

H   SCÉNE

S C E N E IV.

B R U T U S.

GRands Dieux, à vos Décrets tous mes vœux font
          foumis
Dieux ! Vangeurs de nos Loix, Vangeurs de mon Païs,
C'eſt vous qui par mes mains fondiez ſur la Juſtice,
De notre Liberté l'éternel édifice ;
Voulez-vous renverſer ſes ſacrés fondemens ?
Et contre votre ouvrage armiez-vous mes Enfans ?
Ah ! que Tiberinus en ſa lâche furie
Ait ſervi nos Tyrans, ait trahi ſa Patrie ;
Le coup en eſt affreux ; le traître étoit mon Fils.
Mais, Titus ! un Héros, l'Amour de ſon Païs,
Qui dans ce même jour, heureux & plein de gloire,
A vû par un Triomphe honorer ſa Victoire :
Titus, qu'au Capitole ont couronné mes mains :
L'eſpoir de ma vieilleſſe, & celui des Romains :
Titus ! Dieux !

SCENE

SCENE V.

BRUTUS, VALERIUS, SUITE,
LICTEURS.

VALERIUS.

DU Sénat la volonté suprême
Est, que sur votre Fils vous prononciez vous-même.

BRUTUS.

Moi?

VALERIUS.

Vous seul;

BRUTUS.

Et du reste en a-t-il ordonné?

VALERIUS.

Des Conjurés, Seigneur, le reste est condammé,
Au moment où je parle ils ont vécu peut-être.

BRUTUS.

Et du sort de mon Fils le Sénat me rend maître?

V A L E R I U S.

Il croit à vos vertus devoir ce rare honneur.

B R U T U S.

O Patrie !

V A L E R I U S.

Au Sénat que dirai-je, Seigneur ?

B R U T U S.

Que Brutus voit le prix de cette grace infigne,
Qu'il ne la cherchoit pas . . . mais qu'il s'en rendra
    digne . . .
Mais mon Fils s'eft rendu fans daigner réfifter ;
Il pourroit . . . pardonnez fi je cherche à douter ;
C'étoit l'appui de Rome, & je fens que je l'aime.

V A L E R I U S.

Seigneur, Tullie . . .

B R U T U S.

Eh bien . . .

V A L E R I U S.

Tullie au moment même
N'a que trop confirmé ces foupçons odieux.

BRU-

B R U T U S.

Comment, Seigneur ?

V A L E R I U S.

　　　　A peine elle a revû ces lieux,
A peine elle apperçoit l'appareil des fupplices,
Que fa main confommant ces triftes facrifices,
Elle tombe, elle expire, elle immole à nos Loix
Ce refte infortuné de nos indignes Rois.
Si l'on nous trahiffoit, Seigneur, c'étoit pour elle.
Je refpecte en Brutus la douleur paternelle ;
Mais tournant vers ces lieux, fes yeux appéfantis,
Tullie, en expirant, a nommé votre Fils.

B R U T U S.

Juftes Dieux !

V A L E R I U S

　　　　C'eft à vous à juger de fon crime,
Condamnez, épargnez, où frappez la victime,
Rome doit approuver ce qu'aura fait Brutus.

B R U T U S.

Licteurs, que devant moi l'on amene Titus.

V A L E R I U S.

Plein de votre vertu, Seigneur, je me retire ;
Mon efprit étonné vous plaint, & vous admire ;

H 3　　　　　　　　　Et

Et je vais au Sénat apprendre avec terreur,
La grandeur de votre ame, & de votre douleur.

SCENE VI.

BRUTUS, PROCULUS.

BRUTUS.

Non, plus j'y pensé encor, & moins je m'imagine
Que mon Fils des Romains ait tramé la ruine ;
Pour son Pere, & pour Rome, il avoit trop d'amour ;
On ne peut à ce point s'oublier en un jour.
Je ne le puis penser ; mon Fils n'est point coupable.

PROCULUS.

Messala qui forma ce complot détestable,
Sous ce grand nom peut-être a voulu se couvrir ;
Peut-être on hait sa gloire, on cherche à la flétrir.

BRUTUS.

Plût au Ciel !

PROCULUS.

De vos Fils, c'est le seul qui vous reste ;

Qu'il

Qu'il foit coupable, ou non, de ce complot funefte,
Le Sénat indulgent vous remet fes deftins;
Ses jours font affurez, puifqu'ils font dans vos mains.
Vous faurez à l'Etat conferver ce grand homme;
Vous êtes Pere enfin.

BRUTUS.

Je fuis Conful de Rome.

SCENE VII.

BRUTUS, PROCULUS, TITUS, *dans le
fond du Theâtre, avec des Licteurs.*

PROCULUS.

LE voici.

TITUS.

C'eft Brutus! O douloureux momens!
O Terre entr'ouvre-toi fous mes pas chancelans!
Seigneur, fouffrez qu'un fils…

BRUTUS.

Arrête, Téméraire.

De deux Fils que j'aimai, les Dieux m'avoient fait Pere,
J'ai perdu l'un ; que dis-je ? Ah ! malheureux Titus,
Parle : ai-je encor un Fils ?

T I T U S.

Non, vous n'en avez plus.

B R U T U S.

Réponds donc à ton Juge, Opprobre de ma vie.

Il s'assied.

Avois-tu résolu d'opprimer ta Patrie,
D'abandonner ton Pere au pouvoir absolu,
De trahir tes Sermens ?

T I T U S.

Je n'ai rien résolu ;
Plein d'un mortel poison, dont l'horreur me dévore,
Je m'ignorois moi-même, & je me cherche encore ;
Mon cœur encor surpris de son égarement,
Emporté loin de soi, fut coupable un moment ;
Ce moment m'a couvert d'une honte éternelle,
A mon Païs que j'aime, il m'a fait infidelle ;
Mais, ce moment passé, mes remords infinis
Ont égalé mon crime, & vangé mon Païs.
Prononcez mon Arrêt. Rome, qui vous contemple

A

A befoin de ma perte, & veut un grand exemple.

Par mon jufte fupplice il faut épouvanter

Les Romains, s'il en eft, qui puiffent m'imiter.

Ma mort fervira Rome autant qu'eût fait ma vie,

Et ce fang en tout temps utile à fa Patrie,

Dont je n'ai qu'aujourd'hui fouillé la pureté,

N'aura coulé jamais que pour la liberté.

BRUTUS.

Quoi! tant de perfidie avec tant de courage?

De crimes, de vertus, quel horrible affemblage!

Quoi! fur fes Lauriers même, & parmi ces Drapeaux,

Que fon fang à mes yeux rendoit encor plus beaux!

Quel Démon t'infpira cette horrible inconftance?

TITUS.

Toutes les paffions, la foif de la vangeance,

L'ambition, la haine, un inftant de fureur...

BRUTUS.

Acheve, malheureux.

TITUS.

Une plus grande erreur,

Un feu qui de mes fens eft même encor le maître,

Qui fit tout mon forfait, qui l'augmente peut-être.

C'eft

C'eſt trop vous offenſer par cet aveu honteux,
Inutile pour Rome, indigne de nous deux.
Mon malheur eſt au comble ainſi que ma furie;
Terminez mes forfaits, mon déſeſpoir, ma vie,
Votre opprobre, & le mien. Mais ſi dans les Combats
J'avois ſuivi la trace où m'ont conduit vos pas,
Si je vous imitai, ſi j'aimai ma Patrie,
D'un remords aſſez grand, ſi ma rage eſt ſuivie;

Il ſe jette à genoux.

A cet infortuné daignez ouvrir vos bras;
Dites du moins, mon Fils, Brutus ne te hait pas;
Ce mot ſeul, me rendant mes vertus, & ma gloire,
De la honte où je ſuis défendra ma mémoire.
On dira que Titus, deſcendant chez les Morts,
Eut un regard de vous pour prix de ſes remords:
Que vous l'aimiez encore, & que malgré ſon crime,
Votre Fils dans la tombe emporta votre eſtime.

B R U T U S.

.. Son remords me l'arrache. O Rome! O mon Païs!
Proculus... à la mort que l'on méne mon Fils.
.. Leve-toi, triſte objet d'horreur, & de tendreſſe:
Leve-toi, cher appui qu'eſpéroit ma vieilleſſe:
Viens embraſſer ton Pere: il t'a dû condamner;
Mais, s'il n'étoit Brutus, il t'alloit pardonner.

Mes

Mes pleurs, en te parlant, inondent ton visage :
Va, porte à ton supplice un plus mâle courage ;
Va, ne t'attendris point, sois plus Romain que moi,
Et que Rome t'admire, en se vangeant de toi.

T I T U S.

Adieu, je vais périr, digne encor de mon Pere.

On l'emmene.

SCENE VIII.

BRUTUS, PROCULUS.

PROCULUS.

SEigneur, tout le Sénat dans sa douleur sincere
Et frémissant du coup qui doit vous accabler…

BRUTUS.

Vous connoissez Brutus, & l'osez consoler ?
Songez qu'on nous prépare une attaque nouvelle ;
Rome seule a mes soins, mon cœur ne connoît qu'elle.
Allons, que les Romains dans ces momens affreux
Me tiennent lieu du Fils que j'ai perdu pour eux,
Que je finisse au moins ma déplorable vie,
Comme il eût dû mourir, en vangeant la Patrie.

SCE-

SCENE DERNIERE.

BRUTUS, PROCULUS, Un SENATEUR.

LE SENATEUR.

SEigneur...

BRUTUS.

Mon Fils n'est plus ?

LE SENATEUR.

C'en est fait.. & mes yeux...

BRUTUS.

Rome est libre. Il suffit... Rendons graces aux Dieux.

FIN.

APPRO-

APPROBATION.

J'Ai lû, par ordre de Monseigneur le Garde des Sceaux, la TRAGEDIE DE BRUTUS, avec le Discours à Mylord Bolingbroocke. A Paris, ce 13 Janvier 1731.

DUVAL.